Le Roi des Fougères

Jean Anglade

Le Roi des Fougères

ÉDITIONS FRANCE LOISIRS

Édition du Club France Loisirs,
avec l'autorisation des Presses de la Cité.

Éditions France Loisirs,
123, boulevard de Grenelle, Paris
www.franceloisirs.com

ISBN : 2-7441-4100-3

1

Le jeune Zébédée admirait son père sur toutes les coutures. Bien que Pamphile Lhasard fût assez petit, lui, il le trouvait grand, parce qu'il était plus petit encore. À dix ans, il arrivait à la hauteur de son troisième bouton de cuivre. Il faut dire que le père portait bien cet uniforme bleu. Et cette casquette marquée des autres initiales dorées de la compagnie : T.C.R.C. Transports en commun de la région clermontoise. Elle l'avait engagé sur la recommandation de Mgr l'évêque de Clermont, un ami de l'abbé Chomette qui dirigeait la paroisse du Grand-Morne à la Martinique. Anciens condisciples au séminaire Saint-Irénée de Lyon. La compagnie avait d'ailleurs paru intéressée d'embaucher un Noir. C'était une sorte de curiosité qui attirait la clientèle.

Les Lhasard habitaient à Montferrand, rue des Quatre-Granges, dans le quartier le moins honorifique. On y entendait glousser les poules, hennir les chevaux, grogner les cochons, aboyer les chiens et même meugler les vaches, car il en restait quelques-unes chez un vigneron qui refusait de se moderniser. Pourtant, à quelques pas de là, l'industrie du caoutchouc donnait l'exemple du modernisme et un grand nombre de Montferrandais travaillaient chez Bibendum. On les appelait familièrement des Bibs.

Il faut dire, pour ceux qui l'ignorent, que Montferrand est une curieuse paroisse. Vue sur un plan, elle ressemble à un petit caillou retenu par le gros poing de Clermont au bout d'une fronde légère : l'avenue de la République. Autrefois ville indépendante, riche et belle, elle fut mariée de force par le roi Louis XIII à sa voisine. Mais depuis trois siècles, elle ne s'est jamais entièrement résignée à la soudure. Peut-être l'aurait-elle mieux acceptée si, dans l'affaire, on ne l'avait amputée de sa tête ; si, par exemple, on avait choisi d'écrire Cler-Montferrand au lieu de Clermont-Ferrand qui a fait gagner une queue à sa rivale. Ces questions de syllabes ont une grande importance dans l'histoire locale. L'orthographe choisie par ce bégayeur de Louis XIII indiquait nettement sa volonté de décapiter l'une au profit de l'autre.

Bien qu'un maire unique administre officiellement les deux agglomérations, Montferrand s'entête donc à posséder une mairie autonome, à laquelle sont abandonnées quelques miettes des attributions municipales. Un maire adjoint, élu par les Montferrandais, y célèbre les mariages, y enregistre les décès et les naissances. Résultat : Clermont-Ferrand est, sans doute, la seule ville de France qui, depuis trois cents ans, possède un seul maire et deux mairies.

La famille Lhasard y débarqua en 1954 et trouva pour pas cher à se loger parmi les poules et les lapins. Grâce aux allocations, elle n'était pas complètement démunie : mais elle comportait huit bouches à nourrir : le père, la mère, quatre filles et deux garçons. Et le père ne rapportait pas beaucoup d'argent à la maison car il avait ses dépenses personnelles. Oubliant le tout-petit, Oreste, qui n'avait encore que quelques mois et vagissait dans son berceau, Pamphile aimait à dire quelquefois à Zébédée :

— Aujourd'hui, c'est mon jour de repos. On va laisser les femmes à la maison et on s'en va faire un tour, entre hommes.

En principe, la mère, Noélise, ne voyait pas d'inconvénients à cela. Au contraire. Ainsi, elle restait seule avec ses filles, elle les éduquait à sa façon. Les deux hommes partaient donc côte à côte, sans se donner la main, comme deux amis. Les Mulets-Blancs – surnom des Montferrandais – regardaient avec sympathie ce duo dont la couleur s'harmonisait avec celle de leurs façades. Le père et le fils erraient par les rues étroites encombrées d'ânes et de charrettes, les jours de marché, se mêlaient aux bestiaux, place de la Rocade, observaient les joueurs de boules sur la place ronde Marcel-Sembat, dite plus communément place du Château. Au carrefour des Taules, ils trouvaient régulièrement un marchand d'oublies. Pamphile en offrait une à son fils. Elle avait la forme d'un quart de cercle et le petit hésitait longtemps à y mordre parce qu'il n'osait pas la déformer. En compensation, on entrait aussi dans un des nombreux bistrots et le père demandait :

— Un rhum, s'il vous plaît. Un blanc, si possible.

— Je n'ai que du jaune.

— Marchons pour le jaune.

Il le humait d'abord, élevait ensuite le verre pour

apprécier sa transparence dorée. Il le vidait d'une seule lampée, avec un coup de reins en arrière.

— Un autre, commandait-il. Celui-là était bien petit.

Il leur arrivait de s'éloigner dans la campagne, de gravir les pentes de Chanturgue couvertes de vignes. De là-haut, on avait un beau regard sur les deux villes : au loin, Clermont, avec les flèches noires de sa cathédrale ; Montferrand à leurs pieds, découpée par ses rues parallèles ou perpendiculaires comme une galette ; et les cheminées fumantes de Michelin, avec la cambrure de ses pistes d'essai.

Au retour, ils passaient devant l'échoppe de Palermo, le barbier-perruquier-coiffeur. Pamphile disait, comme si la chose avantageait également son fils :

— On s'offre un petit superflu.

Et il se faisait raser. Visiblement, il prenait plaisir aux soins d'un homme blanc. De sa chaise, l'enfant assistait à l'importante opération. L'Italien prétendait que la barbe de son client martiniquais était si coriace qu'elle ébréchait son rasoir, et il l'appelait Barbe-de-Fer. Zébédée se sentait gonflé d'aise d'avoir un père aussi ferrugineux.

Quand ils rentraient à la maison, c'était moins drôle, parce qu'ils vivaient à huit dans trois pièces exiguës. Ils se marchaient sur les pieds. Noélise pleurnichait qu'elle en avait assez de vivre prisonnière entre ces murs. Elle voulait retourner à la Martinique, à son village du Grand-Morne, où elle pouvait causer avec les voisins, où l'on était toujours invité les uns chez les autres ; sans parler du père et de la mère qui étaient restés là-bas et vieillissaient sans secours. Quand Pamphile était à jeun, il perdait facilement patience ;

alors, il flanquait un grand coup de poing sur la table, la vaisselle sursautait et la mère avalait ses récriminations. Zébédée l'admirait aussi pour cette autorité. En revanche, s'il avait bu trois ou quatre verres de rhum, il se sentait rempli d'une inépuisable magnanimité.

— N'as-tu pas honte, l'invectivait sa femme en créole, de gaspiller tes sous à l'extérieur pendant que tes gosses manquent d'air dans ce trou de rats ?

— Tu exagères, Noélise !

— Bon à rien que tu es ! Je ne sais ce qui me retient de te casser quelque chose sur la tête !

— C'est la peur qui te retient. Le bon Dieu a bien fait les choses : il a donné la méchanceté à la femme et la force à l'homme.

Cependant, le principal motif d'admiration, évidemment, provenait du métier de Lhasard : il conduisait le tramway qui reliait Montferrand à Royat. En une journée, il avait appris tout le mécanisme. La clientèle se pressait pour voir ce Martiniquais aux commandes. Souvent, lorsque l'enfant sortait de l'école, il s'arrangeait pour se trouver au départ du convoi, afin que Pamphile lui propose :

— Veux-tu faire un tour jusqu'à Royat ?

Il ne se le faisait pas dire deux fois. Comme on partait du terminus, les places ne manquaient jamais. Sur les banquettes de bois, les femmes tricotaient ou parlaient des rougeoles de leurs mioches. Les hommes restaient de préférence debout sur les plates-formes, ce qui était plus commode pour fumer. Charlot, le receveur, clignait de l'œil vers Zébédée, car ils étaient copains. C'était un homme grand et maigre, aux moustaches somptueuses : elles se soulevaient quand il souriait. Parfois, il sortait de sa sacoche une sorte de crayon enveloppé de papier rose ; et c'était un bâton de sucre d'orge qu'il lui offrait d'un geste cérémonieux, en disant :

— À toi !

Quand tout le monde était en place, Charlot criait à l'adresse du machiniste et en créole :

— Nou ka pati !

C'est-à-dire : en route ! Il avait ainsi appris quelques mots d'antillais pour faire plaisir à Pamphile et laisser croire aux voyageurs qu'il était bilingue. Ceux-ci lui présentaient leurs tickets ; il les estampillait dans un petit moulin, avec un claquement sec de la poignée. L'enfant observait fièrement son père qui, debout à l'avant, conduisait cette énorme machine suivie de ses deux baladeuses. Tout seul, en gouvernant ses manivelles, il emportait les trois voitures, les femmes qui tricotaient, les hommes qui fumaient, les gamins et leurs cartables, les Bibs fatigués, les paysannes et leurs paniers. Sans compter quelques Arabes nouveaux venus en Auvergne, ahuris, qui s'agrippaient aux montants des portes et semblaient souffrir du mal de mer.

Des habitués, aussi. M. Chouvel et son chien. Un retraité qui n'avait que cette bête pour famille et passait tout le temps du voyage à lui faire la morale :

— Ne te gratte pas. Les gens vont penser que tu as des puces... Finis de t'agiter. Tu occupes une place et pas deux... Ne peux-tu pas rester tranquille un moment ? Tu as la colique ou quoi ?... Si tu me fais honte, je ne t'emmènerai plus...

Et comme ça pendant vingt minutes. Si bien que le pauvre cabot ne savait plus où il en était.

Le professeur Proslier, qui était aussi écrivain et composait des livres d'histoire. Apprenant ses qualités, Pamphile lui avait un jour proposé joyeusement :

— Monsieur l'écrivain, si vous avez besoin d'un nègre, je me tiens à votre disposition.

Ce qui avait fait éclater de rire tous ceux qui savaient ce qu'est un nègre en écriture.

Le tramway emportait aussi le petit Zébédée qui suçait le sucre d'orge de Charlot. Le père appuyait du pied sur une courte pédale, la sonnette tintait et tout le monde s'écartait dans la rue pour laisser le passage au tram de Royat. On remontait la longue avenue de la République. On passait devant la caserne du 92, gardée par deux sentinelles dans leurs guérites. Place des Carmes-Déchaux, on embarquait ou débarquait une cargaison de Bibs. Plus haut, c'étaient des élèves du pensionnat Godefroy de Bouillon. On atteignait le centre de Clermont. Place de Jaude, on saluait la statue de Vercingétorix qui avait combattu les Romains. Il y avait là un grand micmac de convois qui se croisaient ou qui faisaient demi-tour. On repartait par la rue Blatin en direction du puy de Dôme qui dressait au loin son crâne blanc ou violet suivant les saisons. À Royat, place Allard, Pamphile descendait de la motrice, empoignait le câble du trolley, le faisait tourner dans le sens opposé. La poulie produisait sur la caténaire des étincelles bleues, on eût dit un feu d'artifice. Après un arrêt prolongé, on repartait vers Montferrand. De sa place, l'enfant voyait les piétons fouler la poussière rougeâtre des trottoirs et il se sentait rudement privilégié de passer au milieu d'eux dans son tram tintinnabulant, dans le tram que conduisait son père.

— Drin-drin ! faisait la sonnette.

Aussitôt, les voitures s'arrêtaient, les cyclistes mettaient pied à terre, les cochers tiraient sur les rênes de leurs chevaux, les passants s'écartaient. Le tram poursuivait sa route triomphalement. Après la rue Montlosier, on arrivait place Delille, couverte de fleuristes et de fleurs, ornée d'un bassin, de drapeaux, de militaires. Cet étalage avait l'air d'avoir été exposé là exprès pour les accueillir, exprès pour le tram de Pamphile Lhasard. Celui-ci bloquait son frein et criait avec autorité aux voyageurs impatients de s'installer dans la voiture :

— Doucement, s'il vous plaît !... Laissez descendre !

Les Auvergnats regardaient ce Noir avec surprise et ils obéissaient. On sentait que le Martiniquais était devenu dans Clermont un personnage important. De temps en temps, il avait soif. Ou froid. Ou chaud. Il ouvrait un petit placard à côté de son poste de pilotage, en sortait une bouteille de rhum blanc dont il tirait le bouchon avec les dents : le bouchon faisait ploc ; il suçait une gorgée et remettait le flacon à sa place. Cela l'aidait à ne pas trop se lasser de la monotonie du trajet. De retour à Montferrand, place de la Fontaine, Zébédée s'approchait de lui, l'embrassait sous les yeux de tous ; il clignait de l'œil en guise d'au revoir à son copain Charlot ; puis il descendait à son tour, son cartable sous le bras, et se dirigeait vers la rue des Quatre-Granges. Lorsqu'il avait marché quelques pas, il se retournait, faisait un grand geste en direction du conducteur, criant en créole :

— Au oua, papa ! A soua !

À chaque passant qu'il rencontrait, il avait envie de proclamer : « Vous voyez ce tram, là-bas ? C'est mon père qui le conduit ! Lui tout seul ! » Zébédée avait dix ans. Il rêvait d'être un jour, lui aussi, wattman, conducteur de tramway.

2

À la maison, généralement, il ne trouvait plus sa mère. Depuis quelque temps, elle s'était faite « lessiveuse », comme on dit aux îles : elle lavait le linge des Montferrandaises riches et paresseuses. Pendant ce temps, le reste de la marmaille était confié à Domina, l'aînée des filles. Ses fonctions étaient essentiellement négatives : elles consistaient à empêcher les cadettes de se battre avec trop de fureur. Sans elle, ces trois chipies, Françoilise, Sylverine, Éléonore se seraient mutuellement arraché les yeux. Elles se disputaient la même poupée, les mêmes pierres, les mêmes bouts de bois. À force de taloches, Domina les faisait tenir un peu en paix. Seul Oreste demeurait tranquille dans son berceau. Ou à quatre pattes sous la table. Dans sa figure sombre, ses yeux luisaient comme des boules de billard. À chaque entrée de son frère, il tendait les bras en gémissant : « Ah ! Ah ! Ah ! » Zébédée le prenait sur ses genoux et jouait avec ses mains. Le petit en bavait de satisfaction.

Quelquefois, Zébédée gagnait cinq francs de la façon suivante. En cas de beau temps, M. Montorcier, l'épicier de la rue de la Rodade, l'installait devant son magasin en compagnie d'un grilloir à café. Pendant des heures, il tournait la manivelle, cinq fois dans un sens, cinq fois dans l'autre, lentement. L'arôme du café se répandait dans la rue, faisait palpiter les narines des passants. Ceux-ci ne pouvaient résister longtemps ; ils entraient dans la boutique et se faisaient servir. Tous les quarts d'heure, M. Montorcier venait renouveler le contenu du grilloir. Zébédée remettait les cinq francs à sa mère qui les dépensait en nourritures familiales.

Quand elle rentrait de son travail, elle se laissait tomber sur une chaise, hors d'haleine. L'âge la faisait enfler, si bien qu'elle peinait à se déplacer.

— Jésus-Marie ! se lamentait-elle. Pourquoi suis-je si grosse ? Pourtant, vous le savez, vous, que je ne mange presque rien ! Alors, pourquoi suis-je si grosse ? Ça doit être le climat de l'Auvergne.

Et elle se mettait à pleurnicher : son menton tremblait, sa voix s'éraillait, ses yeux sécrétaient une larme chacun. Elle pleurait sur les quatre sous qu'elle gagnait si péniblement chez les femmes riches du quartier. Elle pleurait sur leur trou de rats. Elle pleurait sur la Martinique si lointaine, où il faisait si bon vivre, avec les bananes, les mangues, les ananas qui poussaient tout seuls et qu'il suffisait de cueillir. Alors qu'ici tout s'achetait. Elle pleurait sur le passé, le présent et l'avenir. Elle pleurait sur elle-même qui avait épousé un ivrogne et un gaspilleur ; il donnait son argent au compte-gouttes et dépensait le reste elle ne savait trop comment. Juste bon à remplir la maison de gosses.

— Un ou deux, comme les Auvergnates, passe encore.

Mais ne me parlez pas de six! Si tu avais été la seule fille, disait-elle à l'aînée, j'aurais pu te faire une dot, comme c'est l'usage chez nous, aux Antilles. Seulement, où veux-tu que je la prenne, la dot? Alors, tu ne te marieras point, tant pis pour toi! Tu élèveras des chats.

— Toi, lui disait son mari, tu pleures comme trois rivières.

Quant à Domina, elle considérait avec détestation ses frères et sœurs :

— C'est vous qui me mangez ma dot! Sans vous, j'aurais un beau trousseau et je ne serais pas condamnée à rester fille!

Ce matin-là, en arrivant à l'école Michelet, Zébédée trouva le directeur, M. Vigouroux, qui arrêtait les élèves :

— Vos maîtres et maîtresses sont en grève. Retournez chez vous si vous avez quelqu'un à la maison. Seuls ceux qui n'ont personne pour les recevoir peuvent rester ici. Mais ils ne travailleront pas. Personne ne leur fera classe.

Zébédée fit donc demi-tour comme on le lui conseillait. Ce congé inattendu le prenait à l'improviste : comment l'occuperait-il?

Il se dirigea vers la place de la Fontaine. Qui sait si son père n'accepterait pas de le garder avec lui sur son tram au moins une partie de la journée?

Le terminus était vide de convoi, mais des voyageurs attendaient déjà. Comme toujours, ses cheveux crépus, sa figure, son nez retroussé attiraient les regards et la sympathie. Dans Montferrand, il entendait quelquefois parler de racisme; mais, personnellement, il n'en avait jamais souffert. Sauf un peu à l'école, où ses copains se moquaient de lui, l'appelant Blanche-Neige, Bamboula, Y'a bon Banania. Mais ils avaient coutume de se moquer tous les uns des autres, et il n'était pas en reste pour répliquer Nez-de-Canard, Canotier, Pif-et-Paf. Souvent même, en revanche, il sentait la main d'un instituteur se poser sur son crâne pour une amicale caresse.

Le tramway approcha. Comme à l'ordinaire, Pamphile en descendit pour changer l'orientation de son trolley, pendant que ses passagers l'évacuaient. Il aperçut son fils :

— Qu'est-ce que tu fais là ?

— L'école est en grève. Est-ce que tu veux me garder un peu avec toi ?

— Tu peux bien, dit Charlot pour appuyer sa demande.

— D'accord. Mais un ou deux allers et retours seulement. Ensuite, tu rentreras à la maison.

L'enfant se tint debout dans la cabine, juste à côté du wattman, afin d'étudier ses manœuvres. Il avait compris l'usage de chacun des leviers : mais il posait quand même des questions, donnant ainsi à Pamphile le plaisir de s'expliquer :

— Ça, c'est le frein ordinaire... Ça, c'est le frein de secours... Ça, c'est l'accélérateur... Ça, c'est l'avertisseur...

De temps en temps, pour se donner du courage, le conducteur atteignait la bouteille de rhum blanc et avalait une gorgée, discrètement. Après le premier voyage, Zébédée abandonna la cabine, entra dans la voiture, s'assit sur une banquette. Charlot s'approcha de lui, frotta lui aussi la main sur sa tignasse. L'enfant voulut connaître le fonctionnement du moulin à tickets et le receveur lui permit de tourner la manivelle. Mais la foule des clients les sépara.

Alors, il s'intéressa au spectacle des rues. Des terrassiers émergeaient d'une tranchée, la tête coiffée d'un large chapeau de paille garni sur le pourtour de pompons multicolores. De petites voitures Panhard pétaradaient, avec des phares qui leur sortaient du capot, comme les cornes d'une limace. Des agents de police réglaient la circulation avec leur bâton blanc. Place de Jaude, tandis que les passagers sautaient sur le pavé, un homme galonné monta dans la cabine. Court de taille et gros du ventre, il avait la forme d'une rave. Pamphile le salua avec empressement :

— Mes respects, monsieur l'Inspecteur.

Celui-ci, appuyant sur un bouton, bloqua toutes les issues. Zébédée s'approcha néanmoins pour entendre leur conversation. Le gros homme pointait l'index vers les trous de nez du wattman :

— Je vous surveille depuis ce matin. Quatre fois..., entendez-vous ? Quatre fois, je vous ai vu biberonner à votre bouteille pendant le service !... Qu'est-ce que c'est que ces façons ?... Nous ne sommes pas à la Martinique, ici !

« C'est un raciste ! » pensa l'enfant.

— Mais... Mais... monsieur l'Inspecteur, bégayait le père pour essayer de se justifier, il fait chaud dans cette cabine. Je voulais me rafraîchir... un peu...

— Taisez-vous ! Vous puez le rhum ! Pensez-vous que la Compagnie va confier encore longtemps la responsabilité d'une voiture à un ivrogne ? Le pensez-vous ?... Avant-hier, vous ne voyiez même plus les arrêts. Vous en avez brûlé deux !

— Il n'y avait personne, monsieur l'Inspecteur !

— Me prenez-vous pour un idiot ?... Nous avons reçu des plaintes... Et dire que vous nous avez été recommandé par l'évêché ! Incroyable ! Incroyable !... Ne répondez pas ! Taisez-vous !

Le gros homme galonné gesticulait et vociférait avec fureur : en face de lui, le malheureux wattman, les yeux exorbités, essayait de balbutier quelque excuse. Ou bien approuvait servilement :

— Oui, monsieur l'Inspecteur... Certainement, monsieur l'Inspecteur...

Sur le trottoir, les voyageurs assistaient en ricanant au spectacle. Tous plus racistes les uns que les autres. Zébédée lui-même contemplait la scène à travers la vitre de séparation, stupéfait surtout qu'on put traiter son père d'une façon si humiliante et que lui acceptât d'être ainsi houspillé.

— Écoutez bien ce que je vous dis ! criait le petit homme en se dressant sur ses ergots.

— Oui, monsieur l'Inspecteur.

— Cette histoire a assez duré. J'ai pitié de vous à cause de votre nombreuse famille...

— Huit enfants, monsieur l'Inspecteur.

(Il en ajoutait deux pour les besoins de la cause.)

— Je vous garde encore une semaine à l'essai. Si, pendant cette période, vous sentez le rhum une seule fois..., une seule fois, entendez-vous ?...

— Une seule fois, oui, monsieur l'Inspecteur.

— ... Si vous sentez l'alcool une seule fois, je vous fais mettre à la porte immédiatement et sans rémission. Malgré vos recommandations épiscopales.

— Épiscopales, certainement, monsieur l'Inspecteur.

Celui-ci s'épongea le front à cause de l'effort qu'il venait de fournir. Le wattman en fit autant pour lui complaire. Alors, un peu radouci ou un peu essoufflé, le galonné termina d'un ton plus tranquille :

— Un bon conseil, mon garçon : si vous voulez vous soûler, soûlez-vous chez vous, entre quatre murs, après avoir quitté la casquette de la Compagnie. Respectez un peu ceux qui vous paient. Compris ?

— Compris, oui, monsieur l'Inspecteur.

Zébédée, lui, comprenait que son père n'était point l'homme important qu'il avait cru. Où était sa belle assurance ? Le geste impérieux de son bras par lequel il stoppait la ruée des voyageurs ? Le drin-drin irréfutable de son pied qui balayait les obstacles devant lui ? Le coup de poing sur la table, rue des Quatre-Granges, qui interrompait les pleurnicheries de sa femme ? À quoi lui servait sa barbe de fer ébrécheuse de rasoirs ? Lui qui, d'un seul doigt, pouvait précipiter en avant le poids de ses trois voitures, ne pouvait-il donc rien contre la colère de ce petit homme ? Et s'il ne se sentait pas assez fort, pourquoi n'appelait-il pas Charlot à son aide ? Pourquoi ne faisait-il pas un signe vers son fils ? Avec quelle joie celui-ci se fut lancé à son secours, jeté comme un chien hargneux dans les jambes de l'inspecteur raciste !

— Rappelez-vous ! insistait ce dernier. Une seule fois, et vous êtes à la porte !

Et Pamphile, avec un sourire crispé, une main ouverte en éventail sur sa conscience, d'assurer :

— Soyez tranquille, monsieur l'Inspecteur !... Merci, monsieur l'Inspecteur...

Quant à Charlot, assis sur une banquette du fond, il faisait mine de compter attentivement sa recette, le nez dans sa sacoche, pour bien signifier à tous que cette histoire ne le concernait pas.

Tout à coup, l'enfant se sentit rempli à son égard du plus profond dégoût : est-ce ainsi que doivent se comporter les amis ? Que signifiaient donc ses sucres d'orge, ses caresses amicales ? Lui aussi n'était digne que de mépris comme Pamphile Lhasard.

À présent, ayant débloqué les portes, l'inspecteur redescendait, encore pourpre de courroux, boutonnait sa vareuse, rajustait sa cravate que ses gesticulations avaient déplacée, enfonçait sa casquette et s'éloignait à pas furibonds, cependant que, derrière lui, le wattman se répandait en courbettes.

Les voyageurs, que l'incident avait retenus à terre, commencèrent à monter. Charlot s'avança vers eux avec son moulin à tickets. L'enfant, lui, se sentit pris d'une grande haine envers cette voiture qui l'avait promené tant de fois. Mais, ne pouvant lui échapper place de Jaude, il décida d'attendre le terminus de Royat. Un moment après, les portes se refermèrent et elle se remit en marche. Pamphile se tenait coi dans sa cabine, se bornant à accomplir les gestes nécessaires. C'est Charlot qui avait pris le commandement du véhicule, criant des ordres aux passagers. On remonta la rue Blatin. On passa sous le pont de la ligne de chemin de fer. On atteignit la place Allard. Zébédée se mêla aux passagers descendant et s'enfuit avec son cartable.

3

Il marcha d'abord très vite, afin que nul ne pût soupçonner que le conducteur du tram, ce pleutre qui venait de se laisser houspiller comme un enfant de la maternelle, était Pamphile Lhasard, son père. On était en pleine saison touristique et thermale. Beaucoup de gens se pressaient dans les rues escarpées. La plupart, cardiaques, allaient doucement, s'appuyant sur des cannes. L'enfant en bouscula quelques-uns, s'attirant des remontrances :

— Doucement, gamin!... Ma parole! ces gens-là n'ont aucune éducation!

Royat était peuplé de racistes. Il filait droit devant lui ; et, quand il arrivait à un carrefour, il traversait en courant, comme celui qui a peur de manquer le train. Après un moment de cette fuite, il alla plus doucement, chercha un banc pour s'asseoir. En bas, très loin derrière lui, il entendait le ferraillement du tram qui repartait sans s'apercevoir de son absence. Il songeait à la Martinique. À sa grand-mère Amandine, à son grand-père Épiphane qu'il avait laissés au Grand-Morne. Eux et leur descendance occupaient tout un quartier du village. Ils ne savaient pas le compte exact de leurs petits-enfants, entre vingt et trente. Ils se trompaient aussi dans les prénoms :

— Toi, tu es Rigobert.

— Non, je suis Zébédée.

— Ça ne fait rien. Tu es mon petit-fils. Entre un peu. Il y a quelque chose pour toi.

Et en effet, dans leur case couverte de tôle ondulée, les vieux trouvaient toujours quelque chose de bon à offrir : une poignée de cerises, une sapote, qui est une sorte de pomme, une marie-tambour, une banane crue ou cuite.

Malheureusement, le grand-père Épiphane, comme son fils Pamphile, avait un peu trop de goût pour le rhum blanc, sa « consolation ». Il se consolait dès le matin, au saut du lit, en avalant ce qu'il appelait son « décollage » ; si bien qu'il oubliait ensuite les choses dont il voulait se consoler : les noms de ses petits-enfants, et même quelquefois son propre prénom. On l'entendait demander à sa femme :

— Ô doudou ! Rappelle-moi comment je m'appelle, si tu veux bien.

— Tu t'appelles Ivrogne, Buveur de chrub, Téteur de bouteille.

Mais ensuite, ça lui passait, la mémoire lui revenait et il se mettait à tresser des paniers et des corbeilles, ce qui était sa principale profession. Il en exerçait trois ou quatre autres, accessoires : pêcheur, coupeur de canne, rempailleur de chaises, raccommodeur de vaisselle. Il n'empêche que ces ancêtres du Grand-Morne étaient d'une tendresse infinie pour leurs enfants et petits-enfants. Ils avaient pleuré comme des fontaines au moment où Pamphile et les siens étaient partis pour la France avec la recommandation de l'abbé Chomette.

À Royat, les gens qui avaient une besogne à faire se hâtaient vers elle. Mais lui n'en avait plus aucune. L'école? Il s'en fichait bien maintenant! Que lui importait ce groupe scolaire Michelet, éblouissant de blancheur, où les instituteurs se mettaient en grève et renvoyaient les enfants chez eux? Que lui importaient Mme Bernardini, son institutrice, la règle de trois, les conjugaisons, le passé, le présent, le futur? Jamais plus il n'irait à l'école. Jamais plus il ne monterait dans le tram de son père. Il lui fallait changer complètement sa façon de vivre. Au cartable qu'il avait posé à côté de lui, il jeta un regard ennuyé : qu'allait-il faire à présent de cet objet inutile?

Une passante s'arrêta devant lui. Une vieille femme qui ressemblait, en blanc, à sa grand-mère Amandine. Elle demanda :

— Tu attends quelqu'un?

— Je... j'attends le tram, bafouilla-t-il.

— Hé! le tram ne passe pas ici. Il te faut descendre jusqu'au terminus.

— Oui, madame. Je... je me repose.

Elle le considéra encore, d'un air inquiet. Puis elle s'éloigna. Après quelques pas, elle se retourna. Il fit un geste de la main qui signifiait : « Ne vous inquiétez pas. »

Il reprit sa marche. Il passa sur un pont. Dessous coulait un ruisseau torrentueux dont le nom était peint sur le parapet : la Tiretaine. Se penchant, il la regarda passer un moment. Elle sautillait de rocher en rocher, comme si elle jouait à saute-mouton. Plus bas, elle longeait une grotte qu'on devinait profonde. Un vieil homme vint s'accouder près de lui. Celui-là ressemblait à son grand-père buveur de chrub. Pourquoi tous ces gens s'intéressaient-ils à lui ? À cause de sa couleur, sans doute, de ses cheveux frisés, de son âge.

— Tu observes, dit ce vieux, la grotte des Laveuses ?... Autrefois, les femmes de Royat venaient rincer leur linge dans la Tiretaine. Elles se rassemblaient dans cette grotte où personne ne venait les déranger. Et ça jacassait ! Malheureusement, une année, il y eut un orage terrible. La Tiretaine déborda. Ses eaux remplirent la grotte et plusieurs laveuses furent noyées... Tu habites par ici ?

— Non. J'habite à... à... au Grand-Morne.

— Le Grand-Morne ? C'est de quel côté ?

— Du côté de la Martinique.

— Tu as bien un domicile en France ?

— Oui, oui, soyez tranquille. Je rentre chez moi. L'école est en grève.

— Ah ! je comprends ! Ces instituteurs ! Ils n'ont pas assez de vacances. Faut encore qu'ils se mettent en grève. Allez, au revoir.

— Au revoir.

L'enfant se dit que ce qui attirait l'attention des passants, c'était peut-être ce cartable qu'il tenait toujours à la main. Il décida de s'en débarrasser. Et le mieux qu'il trouva fut précisément de le lâcher dans la Tiretaine. Pour l'empêcher de flotter, il commença par chercher des pierres autour de lui et l'en remplit autant qu'il put. Il le lesta comme font les criminels avec les cadavres de leurs victimes qu'ils jettent dans la mer. Ainsi pourvu, le cartable fit un joli plouf dans la rivière qui l'emporta dans ses tourbillons.

À présent, Zébédée se sentait merveilleusement libre. Non seulement des bras, mais libre aussi des jambes, libre de la tête, libre du cœur. Plus rien ne l'obligeait de retourner à l'école. Le lendemain, ou le surlendemain, une fois la grève terminée, quand Mme Bernardini ferait l'appel de son nom à Michelet, quelqu'un dirait :

— Absent.

— Savez-vous pourquoi ? demanderait l'institutrice.

— On ne sait pas. Il a disparu.

— Disparu ?

— Oui. Il n'est plus chez lui.

Car il avait bien l'intention de ne plus revenir jamais rue des Quatre-Granges. Personne d'ailleurs ne l'y regretterait, ça ferait une bouche de moins à nourrir. Sauf peut-être son petit frère Oreste qui bavait de joie chaque fois qu'il le prenait sur ses genoux. Mais l'idée de revoir son père, cet homme qu'hier encore il admirait tant, qu'à présent il méprisait si fort, lui était insupportable. D'ailleurs, il ne s'inquiétait pas. Il n'avait pas encore faim. Il ne songeait qu'à passer agréablement cette première journée de liberté. Vue du matin, elle paraissait interminable.

Avant d'aller loin, il laissa tomber un ultime regard dans la Tiretaine. Or il remarqua une chose blanche qui flottait. Avec stupeur, il reconnut un de ses livres, échappé du cartable on ne sait comment, qui était remonté à la surface et s'obstinait à ne pas couler. Il s'était ouvert et présentait des pages colorées. Son livre de géographie, sans doute. Zébédée avait une horreur particulière pour la géographie parce qu'on l'obligeait à retenir des altitudes, la population des villes, le nom de fleuves avec leurs affluents, rive gauche, rive droite, qu'il ne verrait jamais. Nulle part, d'ailleurs, la Tiretaine n'était mentionnée. Alors, il ramassa d'autres cailloux et se mit à bombarder l'épave. Plusieurs fois il l'atteignit : elle s'enfonçait, puis reparaissait aussitôt. Enfin, la Tiretaine l'emporta.

Il s'enfonça dans le vieux Royat en regardant les vitrines. Il arriva devant une église qui ressemblait à un château fort, avec des murailles épaisses et des créneaux. L'église du Grand-Morne était tout en bois, peinturlurée de rouge et de bleu. L'abbé Chomette y enseignait le catéchisme et préparait les enfants à la première communion. Mais Zébédée était parti pour la France avant d'avoir communié. Il aimait bien quand même la religion à cause des jolies histoires qu'elle raconte : Adam et Ève au paradis, Jonas dans le ventre de la baleine, la naissance de Jésus dans la grotte de Bethléem et sa mort sur la croix. Un de ses cousins s'appelait justement Jésus et un autre Jonas. Si bien que le catéchisme de l'abbé Chomette était un peu une histoire de famille.

Or, au flanc de l'église de Royat, assis par terre en tailleur, se tenait un mendiant. Un vieil homme avec une serviette enroulée autour de la tête en guise de turban. Un Algérien, de toute évidence, comme il y en avait tant dans la région. Les uns travaillaient chez Bibendum. D'autres vendaient des tapis, des ceintures, des bretelles. D'autres encore étaient terrassiers, éboueurs ou maçons. Celui-là demandait la charité. Mais en échange des sous qu'on lui jetait, il disait la bonne aventure.

— Arrête-toi, mon fils, dit-il à l'enfant.

L'autre, qui n'était pas pressé, obéit.

— Viens près de moi. Et je te révélerai ce que Dieu a écrit pour toi dans le grand livre de la vie.

Le petit se pencha, vaguement intéressé, observant le devin. Une barbe grise, touffue, partant de sa poitrine, lui grimpait dans la figure et semblait prochainement devoir lui envahir les yeux.

— Prends cela, mon fils, ordonna-t-il en présentant son poing fermé.

Le petit ouvrit la main et l'homme y versa une poignée de blé auquel se mêlaient quelques grains de café vert, comme celui qu'il grillait pour M. Montorcier.

— Agite-les, puis répands-les devant moi... là... sur ce tapis, comme il te plaira, mais en pensant fortement à ton avenir.

Zébédée les tint un moment, s'efforça de penser fortement à son avenir, comme on le lui recommandait. Mais l'avenir pour lui n'était rien qu'un mot. Il n'imaginait pas même ce qu'il ferait à midi, quand il aurait faim, à l'heure où l'on se mettait à table rue des Quatre-Granges. Que mangerait-il? Il ne possédait pas un sou. Que ferait-il le soir? Où coucherait-il? Est-ce que le devin pourrait répondre un peu à ces questions?

Il lâcha d'un coup les grains sur le tapis. Alors, le vieux sortit de ses haillons une paire de bésicles, les jucha sur son nez, étudia longuement la disposition des grains de blé et de café.

Après quoi, il leva les yeux au ciel, les referma, émit des lèvres et du gosier des sons rauques, incompréhensibles. Enfin, pensant avoir suffisamment convaincu l'enfant et les curieux qui commençaient à se rassembler autour d'eux du caractère surnaturel de ses fonctions, il prononça son oracle :

— Bravo, mon fils ! Dieu t'enverra aujourd'hui un grand bonheur. Sois très attentif à ne pas le laisser passer sans le reconnaître. C'est tout ce que je peux te dire. Donne-moi dix francs si tu les as. (Zébédée secoua la tête.) Ça ne fait rien. Que Dieu te garde. Je suis à la disposition de ceux qui veulent prendre ta place.

Les Auvergnats hésitaient. Puis une femme tendit sa main ouverte pour recevoir le blé et le café. Mais déjà le petit garçon était parti plus loin.

Au-dessus de Royat, le ciel était d'un bleu léger, d'un bleu de lessive, comme celle que préparait sa mère pour y tremper ses draps avant de les étendre sur le versant de la montagne. Il en était ainsi, du moins, au Grand-Morne car, à Montferrand, la lessive séchait dans une cour étroite où le soleil pénétrait difficilement, comme à regret. Si bien que les draps restaient un peu jaunes. L'enfant sortit de la ville et, toujours montant, se dirigea vers le puy de Dôme. Lui aussi ressemblait à son grand-père, par sa tête ronde et ses joues tombantes (Épiphane n'avait plus aucune dent, ce qui le gênait beaucoup pour fumer sa pipe ; aussi y avait-il renoncé et s'était-il mis à chiquer le tabac). Le puy de

Dôme n'avait point ce problème de pipe. Zébédée montait vers lui avec une grande confiance, certain qu'il trouverait là-haut quelque assistance.

Il suivit d'abord le cours supérieur de la Tiretaine, de plus en plus effilée mais toujours sautillante. Après un long moment de marche, il atteignit un village dont il lut le nom : la Font de l'Arbre. Devant lui, le grand-père puy de Dôme s'élevait de plus en plus dans le ciel. Ses pieds étaient couverts de forêts. Ce qui lui rendit un peu de courage, car le ciel commençait à s'assombrir. « On trouve de tout dans les forêts, se dit-il. Des fruits sauvages, des champignons, des châtaignes. Avec le bois mort, on peut faire du feu : il suffit de taper deux pierres l'une contre l'autre. Avec les branches, on peut se faire une cabane. » C'était l'époque où l'on chantait *« Ma cabane au Canada, est blottie au fond des bois. On y voit des écureuils sur le seuil »*. Là où il y a des écureuils, il y a forcément des noisettes. Et les noisettes, c'est très nourrissant. Bien sûr, l'Auvergne n'est pas le Canada. Mais toutes les forêts se ressemblent.

Il trouva une fontaine et but un peu d'eau claire. Avant d'atteindre ces forêts, il y avait encore un long plateau à traverser, cultivé en blé et en pommes de terre. Autant qu'il put en juger, car il ne connaissait pas encore très bien ces plantes métropolitaines. Plus loin, une vieille femme vêtue de noir gardait des chèvres en tricotant. Il fut obligé de passer près d'elle car elle était assise sur une borne kilométrique. Elle ressemblait à sa grand-mère. Il n'en finissait pas avec ses ressemblances.

— Bonjour ! lui cria-t-elle. Où vas-tu comme ça ?

— Au puy de Dôme.

— Tu peux pas te tromper. C'est tout droit. Il est juste en face. Mais comme tu es noir de figure !

— C'est parce que je viens de la Martinique.

— Tu en viens à pied ?

— Oh non ! J'ai pris le bateau.

— Tu as voyagé sur l'eau ? En bateau ?

— Ben oui.

— Hou ! J'aimerais pas ! J'ai peur de l'eau. Chaque fois que je dois traverser un pont, sur une rivière, je ferme les yeux.

En voyant ces chèvres, et pensant à son ventre qui commençait à lui donner de ses nouvelles, il eut soudain une idée :

— Dites, madame. S'il vous plaît. Je pourrais vous demander quelque chose ?

— Demande toujours. Si on ne demande pas, on n'a rien. Le crapaud n'a pas de queue parce qu'il ne l'a pas demandée au bon Dieu. C'est bien fait pour lui.

— Je voudrais... s'il vous plaît, madame... un peu du lait de vos chèvres.

— Un peu du lait de mes chèvres ? Pourquoi pas. Seulement voilà, j'ai rien pour le tirer... pour les traire... Pas de seau, pas de bol, rien du tout.

— Je pourrais me mettre dessous, la bouche ouverte, comme Rémus et Romulus.

— Comme qui ?

— Rémus et Romulus. J'ai vu leur photo à l'école. Ils tétaient une louve.

— Mes chèvres ne te connaissent pas. Elles ne te donneraient pas leur lait.

Elle regarda autour d'elle, cherchant quelque récipient. Elle n'en vit aucun. Au bout de sa recherche :

— J'en ai un, dit-elle, si tu n'es pas trop regrettif.

— Regrettif? Qu'est-ce que ça veut dire?

— Si tu n'as pas de regret, si tu n'es pas trop regrettif, enfin. Regarde.

Elle avait aux pieds des sabots de bois blanc, pointus du bout et hauts de semelle parce qu'ils avaient été chaussés de caoutchouc pour durer plus longtemps. Elle en prit un, frotta bien l'intérieur avec une poigne d'herbe, par mesure d'hygiène. Puis elle clopina vers une de ses chèvres, s'agenouilla près d'elle et se mit à la traire dans son sabot. Quand il fut plein, elle en but une gorgée, pour montrer qu'il n'y avait pas de mal à ça. Le lait lui fit une moustache blanche. Elle le tendit ensuite à Zébédée qui avala tout le reste et le trouva fort bon.

— Tu es sûr que tu n'es pas perdu? questionna la chevrière.

— Mais non. On m'attend là-haut. Merci, madame.

— Laisse-moi te regarder un peu. Je n'ai jamais vu de Noir de près.

Elle l'observa devant et derrière et demanda s'il était noir aussi en dedans. Il répondit qu'il ne savait pas. Elle lui fit tirer la langue et s'étonna qu'elle fût rose. Roses aussi les paumes de ses mains. Pour finir, elle l'embrassa et lui souhaita bon voyage.

— Pour grimper, recommanda-t-elle, ne prends pas la

route. Elle est interdite aux piétons. Réservée aux voitures. Prends les petits chemins. Ceux des lièvres. Ceux des renards. Ceux-là sont gratuits. La route, faut payer.

Elle bouchonna encore l'intérieur de son sabot et le remit à son pied.

Zébédée s'en alla sur la route blanche. Mais il l'abandonna un peu plus loin et s'enfonça dans la forêt. Au commencement, elle était faite d'arbres énormes à l'écorce claire, qui étaient des hêtres âgés de plusieurs siècles. Puis ce furent des arbres couverts d'aiguilles d'un vert sombre. Puis des arbres plus minces encore et plus serrés. Zébédée ne voyait autour de lui ni fruits sauvages ni châtaignes ; il se coucha au pied d'un des arbres, se pelotonna sur lui-même et s'endormit.

4

Quelque chose le réveilla. Une secousse à l'épaule. Une voix qui lui parlait :

— Ohé ! Ohé ! Ohé !

Comme il faisait encore un peu jour, il vit devant le sien le visage d'un homme coiffé d'un grand chapeau. Barbu, moustachu, chevelu, il aurait pu ressembler à Barbe-Bleue, si la sienne n'avait été plutôt blonde. Zébédée en eut peur quand même. Mais sa voix était grave et douce :

— Tu te réveilles ?... Tu as dû dormir un bon moment !... Qu'est-ce que tu fais dans ces bois ?

Pas de réponse.

— Dis-moi au moins comment tu t'appelles.

— Zébédée.

— Zébédée comment ?

— Zébédée Lhasard.

— Où est ta famille ?

— Je n'en ai pas.

— Pas de famille ?... Tu as bien quelqu'un qui s'occupe de toi ?... Quelqu'un que tu aimes ?

— Je n'aime personne. (« Sauf, pensa-t-il, mon petit

frère Oreste » ; mais il ne le dit pas.) Personne. Depuis ce matin.

— C'est avantageux, dit l'homme. Parce que moi non plus, je n'aime personne. Depuis longtemps. Tous deux, on devrait s'entendre. Tu as bien un domicile ?

Zébédée secoua la tête. Il ne parla pas non plus du Grand-Morne.

— Moi j'en ai un, ajouta le barbu. J'habite un château.

L'enfant resta bouche bée. L'homme était plutôt vêtu de guenilles, malgré le petit œillet sauvage piqué à sa boutonnière.

— Un château ?... Comme... domestique ?

— Comme maître, voyons ! Comme seul maître !

— Est-ce loin ?

— Pas très loin. Si tu veux, je t'y conduirai... Tiens, sais-tu comment il est fait ?... Il y a d'abord la salle d'armes. Une grande pièce remplie de soldats. Ce sont eux qui défendent jour et nuit le château contre nos ennemis. Puis, il y a la salle des invités où je fais manger mes amis. Au milieu, une table, une très grande table : on peut y servir cent cinquante personnes en même temps.

— Cent cinquante ? Et qui fait la cuisine ?

— Mes cuisiniers, parbleu. Ensuite, il y a la salle de la reine.

— Quelle reine ?

— La reine d'Angleterre. Je l'ai reçue plusieurs fois chez moi. Nous sommes un peu cousins. Enfin, il y a... il y a...

À ce point de son inventaire, le barbu leva en l'air un doigt prometteur, écarquillant les yeux pour laisser entendre combien ce qu'il allait dire était exorbitant :

— ... il y a, acheva-t-il, la salle des trésors.

— Des trésors !

— Les murs sont incrustés de pierres fines, le sol est couvert de tapis merveilleux, les meubles sont en or et en argent, le plafond en cristal. Et, dans un coin, un coffre grand comme une armoire, rempli de pièces et de billets de toutes tailles.

L'enfant examina l'homme, vit ses genoux à travers ses guenilles et haussa les épaules :

— Tout ça, conclut-il, c'est de la blague. Tu es pauvre.

L'autre éclata de rire :

— Pauvre, moi ? Pauvre, moi ? Premièrement, je peux te montrer tout de suite que j'ai sur moi de l'argent.

Il fouilla dans ses hardes, en sortit une poignée de pièces diverses et plusieurs billets de dix francs, tout chiffonnés.

— Sais-tu, ajouta-t-il, quel est mon titre ? J'ai un royaume et je suis roi.

— Roi ?... Roi de quoi ?

— Roi des fougères. Je règne sur les fougères comme d'autres règnent sur le pétrole ou sur les pneus. Et si tu veux venir dans mon royaume, je te ferai prince. Prince des fougères. Mais avant de te décider, il suffit d'une chose : accompagne-moi et je te ferai entrer dans mon palais.

Alors l'enfant se rappela la prédiction du diseur de bonne aventure : Dieu devait lui envoyer ce jour-là un bonheur qu'il ne fallait pas laisser passer sans le reconnaître. Qui sait si ce barbu n'était pas l'envoyé de Dieu ?

Ils marchèrent dans la forêt en suivant les chemins des lièvres. Au-dessus de leurs têtes, dans les arbres sombres, une pie jacassa : ca... ca... ca... ca... Devant eux, un écureuil occupé à ronger une pomme de pin, dérangé dans sa mastication, grimpa lestement à un arbre en traînant sa queue rousse derrière lui. La forêt n'était pas silencieuse, mais pleine de murmures, de chuchotis, de craquements, de gazouillements.

— Veux-tu qu'on se donne la main ? proposa le Roi des fougères.

— Si tu veux.

Mais leurs paumes étaient chaudes, moites et s'incommodaient l'une l'autre. Ils se contentèrent d'accrocher ensemble leurs deux petits doigts, pour ne pas se perdre. Après une longue marche, ils sortirent de la forêt et se trouvèrent sur un chemin labouré d'ornières. Ils virent un écriteau dont Zébédée put déchiffrer l'inscription :

TERRAIN MILITAIRE. DÉFENSE DE PASSER.

NE RAMASSER AUCUN OBJET DE MÉTAL.

DANGER DE MORT.

— Aucune importance, dit le Roi. L'interdiction n'est pas valable pour nous.

— J'ai soif, dit l'enfant.

— Attends, je connais une source. Ça s'appelle ici un gargouillou.

Ils firent un détour, traversèrent des pâturages où paissaient des moutons. Le berger, de loin, les salua du bras.

— C'est un de mes sujets, expliqua le barbu.

Ils arrivèrent enfin devant un creux pareil à une marmite

au fond de laquelle un peu d'eau avait l'air de bouillir. Soudain, en son milieu, s'éleva un jet rosâtre d'abord pointu, puis arrondi en forme de parapluie. Il dura environ quinze secondes, puis s'arrêta, tandis que le bouillonnement se poursuivait autour et en dessous.

— Compte jusqu'à quinze, dit le Roi.

— Un, deux, trois, quatre...

Après ces quinze secondes d'absence, le jet de nouveau s'éleva au milieu de la marmite. Il retomba quinze secondes plus tard. C'était le gargouillou.

— Tu peux en boire tout ton soûl.

Zébédée se plaça au-dessus, jambes écartées, et, à la quinzième seconde, il reçut le jet dans la bouche. Son eau était tiède et légèrement piquante. Quand il se fut bien désaltéré, ils reprirent leur marche. Le Roi désigna au loin une montagne arrondie comme un chaudron renversé.

— C'est là-bas que j'habite. Mais il va falloir traverser une route. Ne lâche pas ma main.

Juste au moment où ils atteignaient sa bordure, il y eut une pétarade lointaine, qui très vite se rapprocha. Des motocyclistes parurent, bottés, casqués, vêtus de cuir. Ils précédaient une énorme voiture américaine, une de ces machines basses, dont le capot découvre des fanons de nickel, et qui ressemblent à des baleines ricanantes. À l'intérieur, les deux piétons eurent le temps d'apercevoir un petit vieux à lunettes d'or, affaissé sur les coussins.

— C'est le Roi de Suisse en visite dans la région, expliqua Barbe-Blonde. Je l'ai reçu l'année dernière. Il a beaucoup vieilli.

— Et cette année?

— Non, cette année, je ne l'invite pas. J'ai pitié de son âge. Il retourne en Suisse. Cette route y mène tout droit.

Ils traversèrent donc l'asphalte avant d'emprunter, de l'autre côté, un autre chemin de lièvres. Derrière eux, dans le ciel de saxe pâle, le puy de Dôme continuait de surveiller leur marche. Ils marchèrent encore. Zébédée commençait de traîner la patte.

— Tiens, dit l'homme, monte sur mon dos.

Il se baissa et l'enfant s'installa sur cette échine large et confortable d'où pendait la bretelle d'une musette, les bras passés autour du cou de son porteur, si bien que sa barbe lui grattait les poings.

— Tu peux t'endormir si tu veux.

— Non. J'ai plus sommeil.

Chaque fois que l'homme lui adressait la parole, il sentait sous lui la voix vibrer dans son échine. Le sentier se fit de plus en plus escarpé. Dans cette posture, c'était un voyage très agréable. On entendait les ronflements d'autres voitures qui couraient sur la route. Le cortège, sans doute, du Roi de Suisse. Mais être porté par un Roi des fougères était un privilège bien plus rare que d'accompagner ce vieux fatigué sur ses coussins.

— C'est où, la Suisse? demanda Zébédée pour parler aussi un peu.

— Très loin. De l'autre côté des montagnes.

— Aussi loin que la Martinique?

— Bien plus loin. Sa voiture mettra au moins deux semaines pour arriver.

Encore quelques pas et le porteur déposa son cavalier. Ils se trouvaient devant une cloison faite de planches et de branchages. Le barbu écarta une sorte de porte sans serrure et ils entrèrent dans un trou d'ombre. D'abord, l'enfant ne distingua rien. Ensuite, ses yeux s'étant habitués, il se vit à l'intérieur d'une caverne. Dans un coin, un grabat fait de vieux sacs entassés. Dans un autre, un brasero, il en avait vu de pareils à la Martinique, devant les portes, quand les mères de famille faisaient griller le poisson, ce qui produisait une fumée très épaisse et très nauséabonde. Et puis, çà et là, des caisses, des cartons, des placards.

— C'est ça, ton palais ?

L'homme mit un doigt sur sa bouche, expliqua qu'il fallait le voir au lever du soleil, quand ses rayons pénétraient à l'intérieur et faisaient luire les diamants des parois.

— Et ton royaume ?

Il lui fit retraverser les branchages qui fermaient l'entrée et lui montra, sur les pentes de la montagne, à perte de vue, une étendue de plantes aux feuilles aussi finement découpées que la dentelle.

— Regarde.

— Qu'est-ce que c'est ?

— Des fougères. Mon royaume.

— Et tes soldats ? Et la salle de garde ?

— Ils sont en vacances pour le moment. Mais ne pose pas tant de questions, ça empêche de vivre. Tu dois avoir bien faim. Nous allons faire ensemble notre premier festin.

D'un placard, il tira ce qu'il fallait pour manger : deux assiettes, des fourchettes, du pain, du saucisson, du fromage, une boîte de sardines à l'huile, une de pâté, une bouteille de vin, un berlingot de lait. Avec deux tréteaux et des planches, il dressa au milieu de la caverne une sorte de table et déposa dessus toutes ces richesses. Deux caisses vides furent leurs tabourets.

L'homme servit l'enfant et celui-ci se jeta sur ces nourritures comme le loup sur la chèvre de M. Seguin. Il but du lait à même le berlingot. Pendant ces formalités, la nuit était venue. L'homme alluma une lampe de camping qui produisait un léger chuintement et beaucoup de lumière. On put distinguer des creux dans les parois de la caverne qui contenaient toutes sortes de choses.

— Tu dois être bien fatigué. Je te donne mon lit. Moi, je vais chercher des fougères pour en construire un autre à côté. N'essaie pas de sortir : la région est pleine de loups.

Zébédée resta seul, il se prit la tête dans les mains et se mit à songer à sa mère. Il la revit lorsqu'elle rentrait, le soir, après ses lessives chez les femmes riches de Montferrand, et s'écroulait, suffocante, sur un siège. Ses mains étaient toutes plissées ; les paumes, quelquefois, pour avoir trop frotté, saignaient.

Et elle pleurait sur ses mains. Elle pleurait sur son mari qui dépensait son argent avec de mauvaises femmes. Quelles étaient donc ces mauvaises femmes qui coûtaient si cher à fréquenter ? En ce moment, que devait penser

Noélise de la disparition de son fils ? Pour elle qui pleurait sur n'importe quoi, il y avait là un formidable prétexte à larmes. L'amour des parents, c'est quelquefois casse-pieds.

Le barbu revint avec une brassée de fougères fraîches. Il les étendit sur le sol à côté du grabat aux sacs.

— Maintenant on dort. Bonne nuit.

5

Il éteignit la lampe de camping. Zébédée s'endormit tout de suite. Mais il eut un cauchemar affreux. Il courait sur la route noire qui va vers la Suisse et, derrière lui, il entendait le halètement de poursuivants. Ils étaient dix, vingt, trente, lancés comme des chiens sur ses talons. Il y avait d'abord sa sœur aînée, Domina, cette grande chèvre, avec ses bras et ses jambes interminables, toujours en fureur parce qu'on lui mangeait sa dot ; les trois suivants, presque aussi enragés ; il y avait son père, Barbe-de-Fer, grimaçant, les coudes au corps, la casquette de travers. De temps en temps, il se retournait vers un gros bonhomme galonné qui s'essoufflait derrière, les pans de sa jaquette volaient au vent ; et, sans cesser de galoper, Pamphile lui lançait une courbette :

— Oui, monsieur l'Inspecteur !... Certainement, monsieur l'Inspecteur !...

Ensuite, venaient le directeur d'école, M. Vigouroux ; l'institutrice, Mme Bernardini, brandissant sa baguette ; Charlot, brandissant son moulin à tickets et sa sacoche ; Palermo, le barbier, brandissant son rasoir ; l'abbé Chomette, curé du

Grand-Morne, avec sa barbe noire en forme de trapèze isocèle, brandissant son aspersoir ; Mgr l'évêque de Clermont, brandissant sa crosse ; et enfin sa mère, la pauvre Noélise, brandissant ses mains saignantes. Tous ces gens-là voulaient absolument le rattraper, le rendre à la rue des Quatre-Granges, à la règle de trois, au système métrique, aux participes passés. Il voyait leurs doigts crochus tendus vers lui et ils réussissaient réellement à le rejoindre, à l'agripper de toutes parts.

— Fichez-moi la paix ! hurlait-il. Lâchez-moi ! Je ne veux plus de vous ! Je n'aime personne depuis ce matin ! Fichez-moi donc la paix !

Il se réveilla, tout en sueur. Dans l'ombre épaisse, quelqu'un tenait sa main. Un moment, il se demanda où il était. Puis il se rappela.

— Tu as dû faire un mauvais rêve, car tu gémissais en dormant. Il ne faut pas avoir peur dans mon royaume, mon cher fils, car je commande ici à tout ce qui nous entoure : aux fougères, aux arbres, à la pluie, aux vents. Et je te veux du bien. Beaucoup de bien. Ça ne te fait rien que je t'appelle mon fils ?

— Rien du tout.

— Toi, tu n'as plus de famille. Moi, je n'en ai jamais eu. Si tu l'acceptes, tu vas donc devenir mon successeur, mon héritier, avec tous mes pouvoirs. D'accord ?

— D'accord.

— Dès qu'il fera jour, nous procéderons à ton couronnement. Dors encore un peu.

L'enfant se pelotonna sous les sacs qui lui servaient de

couvertures. Ils sentaient la farine qu'ils avaient précédemment contenue. Lui, ferma les yeux, mais il ne put retrouver le sommeil. Un peu de jour pénétra dans la caverne. Il entendit que le Roi se levait. Entrouvrant les paupières, il le vit transporter le brasero devant l'ouverture, poser dessus une casserole, craquer une allumette. Il perçut le glouglou d'un liquide versé.

L'homme revint et frappa dans ses mains.

— Debout là-dedans ! cria-t-il joyeusement. Le déjeuner est prêt.

Zébédée s'étira, éberlué de voir ces choses inouïes qu'il n'avait pas remarquées la veille. Il y avait dans la grotte, lui sembla-t-il, tout ce qu'il fallait pour vivre : un jerricane rempli d'eau, des vaisselles ébréchées, des berlingots de lait dans un carton et même des serviettes suspendues à un fil. Sur les planches qui servaient de table, l'homme avait disposé des bols, du sucre, du pain, des couverts. Il versa le lait chaud dans les bols, coupa des tranches dans une couronne de pain :

— Il est un peu rassis. Mais trempé dans le lait il se ramollira. Bon appétit.

Ils mangèrent face à face. Zébédée en profita pour mieux regarder son hôte. Ses longs cheveux lui tombaient sur les épaules. Sa moustache et sa barbe avaient la couleur de la croûte du pain. On eût dit Jésus-Christ, tel qu'il était représenté dans un tableau de l'église du Grand-Morne, assis à une longue table, en compagnie de ses apôtres. Plus il le regardait, et plus cette ressemblance s'imposait à lui. Il voulut en avoir le cœur net :

— Est-ce que, demanda-t-il, tu ne serais pas...

Il n'osait énoncer sa supposition, tellement elle lui semblait incroyable. Pourquoi le Fils de Dieu serait-il venu en Auvergne, pour vivre au milieu d'une grotte et des fougères ?

— Pas qui ? demanda l'homme.

— Est-ce que tu ne serais pas Jésus-Christ ?

Au lieu de répondre oui ou non, au lieu peut-être de se mettre à rire, l'homme sembla réfléchir en se caressant la barbe. Il y eut donc un moment avant sa réponse :

— Est-ce que je ne serais pas Jésus-Christ ?... C'est à considérer. Il se peut que je me trompe ; mais j'ai idée que tous les hommes sont un peu Jésus-Christ lorsqu'on les persécute.

— Persécute ?

— Lorsqu'on leur fait du mal. Jadis, on m'a fait beaucoup de mal.

— Qui ?

— D'autres hommes. Ils m'obligeaient à vivre sous terre. Si bien que je ne voyais presque jamais le soleil. Comme les taupes. C'est pourquoi, un jour, je leur ai échappé et je suis venu habiter ce palais. Inutile de dire combien j'ai gagné au change, puisque à présent me voici Roi des fougères. Si tu veux bien, nous allons procéder à ton couronnement. Suis-moi.

Ils se levèrent. Devant l'entrée, un petit espace plat formait une sorte de parvis. L'homme s'enfonça dans les fougères environnantes, en rapporta une poignée. Il en tressa une sorte d'auréole qu'il disposa sur la tête de son fils. Celui-ci considérait avec émerveillement les lieux et les témoins de cette scène. Les puys violets avec leurs têtes rondes ou évasées. Les villages dispersés, chacun avec son clocher pointu. La plaine lointaine où l'on distinguait une grande ville, sans doute Clermont-Ferrand, sous une vapeur bleuâtre. Les nuages du ciel. Il en descendait un tireli-tireli-tireli des plus gracieux.

— Les alouettes nous disent bonjour, précisa l'homme.

Il disposa le récipiendaire face au puy de Dôme. Puis, armé d'un bâton, il lui en donna une petite tape sur chaque épaule en proférant :

— En vertu des pouvoirs qui me sont conférés par les puissances de la terre et du ciel, je te fais Prince des fougères. Je te confère autorité sur toutes les choses qui t'entourent. Toi et moi en sommes les propriétaires absolus. Tu peux, si tu le veux, garder cette couronne toute la journée.

Zébédée sentait sur sa tête cet étrange poids. Il se promena un peu autour de la grotte afin de bien faire observer aux choses sa dignité nouvelle. Puis il revint et trouva le barbu en plein travail. Il tripotait une casserole en terre et semblait préparer une étrange cuisine. Au bout d'un moment, il lui mit entre les mains un objet brillant et encore chaud.

— Aïe ! Ça brûle !

L'homme se fourra l'objet dans la bouche comme une prune : puis il le cracha, l'essuya de ses haillons et le tendit de nouveau à l'enfant noir. C'était une statuette haute d'une largeur de main représentant un petit bonhomme tout nu et coiffé d'un casque orné de deux petites ailes.

— Qu'est-ce que c'est ?

— Une image de Mercure. Il faut que je t'explique. (Son doigt se tendit vers la tête du puy de Dôme.) Là-haut, il y a deux mille ans à peu près, les hommes avaient construit un temple. Une sorte d'église carrée, avec des colonnes de pierre et des tuiles en bronze. C'était superbe. Ils y adoraient non point le bon Dieu et son fils Jésus comme dans les églises d'à présent, mais un dieu moins puissant qu'ils appelaient Mercure. Ce dieu se contentait de protéger les voyageurs et les commerçants. On venait de très loin pour lui rendre hommage. On avait même dressé de lui une statue dorée haute de vingt mètres. Les choses ont duré comme ça pendant plusieurs siècles. Ensuite, des hommes sauvages sont venus, se sont emparés de l'or et du bronze, ont démoli le temple. Il en reste de belles ruines que nous monterons voir, un jour, si tu veux bien, tous les deux. Il y a maintenant quelques années, on a fouillé la terre, on a découvert des pièces de monnaie, des bijoux, des agrafes, des statuettes. Bref, des souvenirs de l'ancien temple. Mais tout n'a pas été découvert. Un jour, à quelque distance du sommet, j'ai fait des fouilles personnelles. Et voici ce que j'en ai rapporté. C'est le Trésor !

Il ouvrit une petite caisse, y plongea les mains, en sortit des objets divers, les uns ternes, d'autres brillants, parmi lesquels une image du dieu Mercure toute pareille à celle qu'il avait fait cuire dans sa casserole.

— La mienne est en plomb, expliqua-t-il. Pas en bronze comme celle que j'ai déterrée. Voilà comment je gagne de quoi acheter du pain, des berlingots et tout mon nécessaire. En vendant aux touristes qui viennent nombreux admirer les ruines, ces articles de ma fabrication. Ils les croient authentiques et les paient un bon prix.

— C'est trop brillant ! dit Zébédée, qui raisonnait bien à ses heures. Est-ce qu'ils ne s'aperçoivent pas que c'est tout neuf ?

— Avant de les vendre, je les fais vieillir là-dedans.

Il prit un flacon rempli d'un liquide huileux, en versa dans un verre, plongea dedans le faux Mercure. Aussitôt, celui-ci se couvrit de bulles minuscules et commença de noircir.

— Quand il sera resté vingt-quatre heures là-dedans, il paraîtra avoir deux mille ans d'âge. Mais j'ai bien d'autres articles.

Il lui montra un petit buste d'homme qui était censé représenter l'empereur Auguste. Une médaille entourée d'inscriptions illisibles. Un poisson. Une cigale. Il expliqua sa technique. Le plomb fondait dans un creuset de terre. De là il passait dans un moule dont la forme extérieure était celle d'un flacon ; mais une fois la coulée refroidie, le moule s'ouvrait comme une huître. Il ne restait plus qu'à y cueillir sa perle de métal vil, qu'à l'ébarber de toutes bavures, qu'à la noircir dans le vitriol.

— Et le plomb, où le prends-tu ?

— J'ai mon fournisseur. Un plombier d'Orcines qui me donne de vieux tuyaux pour presque rien. Si tu veux bien, toi et moi, nous travaillerons ensemble et nous gagnerons beaucoup d'argent.

Il entreprit de lui enseigner tout de suite son métier de faussaire. Il lui montra comment il découpait les tuyaux en minces rondelles pour faciliter leur fusion. Comment, à l'aide d'un moule, on fabriquait la statuette ; puis comment, à l'aide de la statuette, on fabriquait un nouveau moule. Zébédée se passionna pour ces travaux et son maître le complimenta de son adresse.

— Plus tard, promit-il, mais beaucoup plus tard, quand tout le monde t'aura oublié, je t'emmènerai avec moi au sommet de la montagne et je t'apprendrai aussi à vendre aux touristes. Les plus faciles à attraper sont les étrangers qui ne comprennent pas le français.

— Et tes soldats en vacances, quand reviennent-ils ?

— Laisse donc tranquilles mes soldats. Ne sommes-nous pas heureux, ici, rien que tous deux ?

— Tu m'avais dit : la salle d'armes...

— Eh bien ! J'ai des armes ! Regarde !

Il fit briller la lame d'un long couteau espagnol. Il s'éloigna de quelques pas, jeta la navaja et celle-ci s'enfonça en vibrant dans la porte de la caverne. Ensuite, il la reprit, la referma, l'essuya soigneusement et la rangea dans sa caisse aux vestiges.

— Tu m'avais dit : la salle des trésors...

— Mais je possède réellement des trésors ! Tu en as vu quelques-uns. Je t'en montrerai d'autres.

— Tu m'avais dit : la salle des invités...

— Eh bien ! Est-ce que je ne t'ai pas invité ? Est-ce que je ne t'ai pas reçu ?

Il lui promena le dos de la main sur une joue. Mais l'enfant boudait :

— Je vois bien que tu m'as trompé. Ton château, ça n'est rien d'autre qu'une caverne ! Il n'y a aucun diamant sur les murs !

— Allons donc ! Tu n'as pas bien regardé.

Ils rentrèrent à l'intérieur et il lui montra de petits fragments de mica qui scintillaient un peu partout. Au terme de cet examen, il lui recommanda de rester bien tranquille dans le palais, de ne pas se montrer au-dehors ; il allait acheter de quoi manger :

— Nous ferons chaque jour festin. Dis-moi ce que tu aimes.

— Les bananes. Les ananas. Les mangues. Le nispéro. La marie-tambour. Le pompoléon. L'avocat.

— Entendu. Je me procurerai tous ces ingrédients.

6

Zébédée resta seul. Il se sentait crasseux. Il aurait aimé prendre un bain dans un baquet, comme il le faisait rue des Quatre-Granges. Son petit frère Oreste trempait en général dans la même eau ; ils jouaient avec leurs membres entremêlés et riaient aux éclats. Un matin, pendant qu'ils étaient occupés à ce débarbouillage, une voisine était venue chercher leur mère pour une besogne urgente. Elles étaient parties en courant, laissant les deux garçons dans leur baquet. Ils y étaient restés jusqu'au retour de Noélise, c'est-à-dire plus d'une heure. De temps en temps, Oreste essayait de se noyer ; mais son frère le repêchait et lui maintenait la tête hors de la flotte.

À la Martinique, c'était bien mieux : on allait se baigner dans la mer. La grand-mère Amandine retroussait ses jupes et entrait dans l'eau jusqu'aux genoux en poussant des cris d'effroi et de plaisir. On voyait les varices plus sombres qui s'enroulaient autour de ses mollets comme des couleuvres. Les enfants se déshabillaient sur le sable. Les filles gardaient leur culotte. Lui possédait un slip de toile que sa mère avait taillé dans un vieux morceau de drap. Et ils barbotaient à qui mieux mieux. Pamphile avait sur l'estomac des touffes de poils qu'on ne soupçonnait pas sous sa chemise. Le grand-père Épiphane nageait comme un poisson en enfonçant la tête ; il revenait haletant, s'allongeait sur la plage. Ses petits-enfants lui demandaient :

— Ganpè, tu veux jouer aux tremblements de terre ?

S'il acceptait, c'était une grande joie pour tous. Chacun apportait un peu de sable dans ses mains et on le recouvrait entièrement. Quand il n'était plus qu'une sorte de colline d'où dépassait seulement la tête, on le chevauchait à plaisir, on le foulait, on lui marchait sur le ventre et sur la poitrine. La grand-mère protestait mollement :

— Vous allez l'étouffer !

Mais lui, imperturbable sous son armure de sable, ne remuait ni pied ni patte et ne se plaignait point. Jusqu'au moment où, tout à coup, la montagne se mettait à bouger, à osciller, à tressauter, à se tortiller en tous sens comme la montagne Pelée en 1902, mettant en fuite les gamins qui criaient :

— Le tremblement de terre !... Le tremblement de terre !... Sauve qui peut !

On se lavait encore de tout ce sable. On séchait en bordure de la plage, à l'ombre des palmiers et des flamboyants. Des colibris sans nombre voltigeaient alentour en dessinant le chiffre 8 avec la vibration de leurs ailes. Avant de retourner au Grand-Morne, on s'arrêtait dans un établissement appelé *L'Oiseau bleu.* Au bout de la terrasse, face à la mer, se dressait une hélice d'avion, une hélice véritable, en bois, plus haute qu'un homme. Théoriquement, elle aurait dû tourner, mais elle ne tournait pas. Elle n'avait d'autre but que de rappeler le voisinage de l'aérodrome. Épiphane commandait de l'eau de créole pour les enfants, qui se confectionne avec les fleurs de mammée ; du punch pour les adultes, aromatisé au citron vert.

Sur les pierres de la terrasse couraient d'énormes fourmis noires, grosses comme des araignées. Les gosses s'amusaient à les bombarder avec des galets. Puis un pick-up se mettait à vomir un torrent de sambas et de biguines. Tout le monde s'empoignait et les dernières fourmis noires étaient écrabouillées. C'était le bonheur intégral. On se demande pourquoi Pamphile Lhasard avait jugé bon de s'exiler pour venir rue des Quatre-Granges.

Assis sur une pierre à l'entrée de la caverne, Zébédée se rappelait ces choses lointaines en contemplant la chaîne des puys. Il se rappelait aussi les odeurs de la Martinique. Celle principalement de la vanille, dont les Européens sont si friands. Celle de la canne à sucre. Odeurs de bonbonnière. Odeurs tellement fortes que, si on l'avait transporté d'un pays à un autre les yeux bandés, il aurait reconnu la Martinique rien qu'en la humant. Il resta ainsi à interroger les souvenirs de ses yeux, de son nez, de ses oreilles pendant sans doute une heure. Au terme de laquelle il vit, suivant le chemin des renards, son ami faussaire qui revenait. Chargé de provisions de toutes sortes.

— Je n'ai pas trouvé de napero, s'excusa-t-il.

— Nispéro !

— ... Pas de nispéro, ni de marie-tambour, ni de napoléon...

— Pompoléon !

— Mais j'ai tout le reste. Et du jambon, et des saucisses, et des cacahuètes, et du milhar...

— Qu'est-ce que c'est, le milhar ?

— Une sorte de tarte aux cerises. Nous n'aurons pas faim.

Il se mit à cuisiner, en effet, sur le brasero, devant la caverne. À l'école, Zébédée avait appris l'existence des premiers hommes, eux aussi habitants des cavernes, vêtus de peaux de bêtes. Mais il trouvait la sienne bien plus enviable, à cause des cacahuètes et du milhar. Ils firent ce jour-là une bombance digne d'un roi et d'un prince.

Quand ils eurent l'estomac garni, l'homme annonça qu'il allait encore s'absenter :

— Je vais vendre mes babioles pour gagner de l'argent. Les touristes montent au sommet du puy de Dôme par cars entiers en cette saison. Tu dois encore rester ici. Au fond du placard de gauche, j'ai quelques livres. Tu peux les lire pour passer le temps. Mais si quelqu'un vient pour te prendre et t'emmener, n'hésite pas à te servir de mon couteau espagnol. Défends-toi. Il ne faut pas ménager ceux qui vous veulent du mal. À ce soir.

De nouveau, Zébédée se trouva seul. Il décida d'explorer la caisse au Trésor.

Il y trouva des fragments de toutes sortes dont certains portaient encore des traces de peintures cuites, noires ou ocre ; une lampe d'argile, des anneaux, une lame mangée par la rouille, une oreille en marbre, des pierres violettes, de nombreuses pièces de monnaie en différents métaux. À côté de ces vestiges anciens, des débris datant d'une époque plus récente : un tube de bois conique qui avait l'air d'une cannelle de tonneau, moins le robinet ; un fond d'assiette portant l'inscription Sarreguemines ; un bouchon de radiateur figurant une dame ailée, debout sur un seul pied, les bras tendus en arrière, comme si elle allait réellement s'envoler ; un coude en bronze qui était sans doute un joint de tuyauterie ; un bébé de porcelaine qui avait dû être la fève d'une brioche des rois.

Tels étaient les trésors annoncés. N'importe. Cette nouvelle existence ne manquait pas de charme. Tout était découverte, tout était imprévu. L'ennui, c'est qu'il ne pouvait s'éloigner, par crainte d'être reconnu et ramené à Montferrand.

Il ouvrit les livres du placard-bibliothèque. Pas réellement faits pour son âge : un *Essai sur les volcans d'Auvergne,* par le comte de Montlosier ; des *Souvenirs de l'Orient,* par Louis-Marie-Auguste Demartin du Tyran, comte de Marcellus ; la *Médecine pour tous,* par le Dr Louis Régnier ; la *Course au bonheur, roman d'amour pour les foyers,* de Jules Mary ; *Paul et Virginie,* de Bernardin de Saint-Pierre ; la *République,* de Platon. Il feuilleta ces divers ouvrages, mais n'en trouva aucun à son goût. Il n'aimait que les histoires illustrées, comme *Bibi Fricotin* ou *Les Pieds Nickelés.*

Alors, il entreprit de faire un flûtiau avec une branche de noisetier comme le lui avait montré au Grand-Morne un de ses vingt-neuf cousins. Il y besogna pendant des heures. De telle sorte qu'en revenant du puy de Dôme Barbe-Blonde le trouva dans cette occupation.

— Bonnes affaires, aujourd'hui ! lança-t-il joyeusement.

Nous sommes à l'abri du besoin pour plusieurs jours ! Comment as-tu passé ta journée ?

— J'ai visité le Trésor.

— Tu en as parfaitement le droit. Tu es ici chez toi, mon fils. Ensuite ?

— J'ai essayé de lire. Mais ça ne m'intéresse pas. C'est trop difficile. J'ai commencé à faire un flûtiau.

— Fort bien, fort bien.

Le Roi des fougères se remit à cuisiner. Et ils firent une autre bombance ce soir-là. Comme il restait encore du jour dans le ciel, l'homme tira de sa musette un livre tout neuf qu'il avait sans doute acheté ce même après-midi. Un livre avec des illustrations. Et il commença de lire :

Il était une fois un gamin d'environ quatorze ans, grand, dégingandé, avec des cheveux blonds comme la filasse. Il n'était pas bon à grand-chose. Dormir et manger étaient ses occupations favorites. Il aimait aussi à jouer de mauvais tours. Un dimanche matin...

C'était *Le Merveilleux Voyage de Nils Holgersson*, un mauvais sujet avec lequel Zébédée se trouva des points communs. Quand tout le jour se fut évaporé, la lecture s'arrêta.

— Je continuerai demain, promit le barbu.

Ils restèrent côte à côte à considérer le ciel qui s'assombrissait de plus en plus. Dans la plaine, à l'emplacement de Clermont, c'était un lac de lumières, blanches, jaunes, rouges, vertes. Une autre s'était allumée sur la cime du puy. L'enfant songeât au temple qui le couronnait, aux hommes sauvages qui l'avaient détruit. À présent, ce passé se trouvait enfoui sous la terre et sous l'herbe, et la lune qui ne s'étonne de rien baignait la chaîne de montagnes dans le lait bleu de sa clarté. Autour d'elle, à respectueuse distance, il y avait des traînées blanches, des bancs d'étoiles comme il y a des bancs de sardines dans la mer, au large de la Martinique. Il faisait si doux qu'on n'avait pas envie d'aller dormir. Le Roi se mit à chantonner :

Ma mère, pourquoi m'as-tu donné la vie
Si tu ne pouvais me donner le bonheur?
Ma mère, pourquoi m'as-tu donné la vie,
Si tu ne pouvais me donner l'amour de Sylvie?...

Sa voix était étrangement tendre et claire. Qui aurait imaginé qu'une telle voix pût sortir d'une telle barbe? Au loin, des oiseaux gazouillaient, des grenouilles coassaient, des chauves-souris passèrent en froufroutant. Zébédée ne soupçonnait pas que la nuit fût riche de tant de choses. Afin de ne pas être en reste, il chanta une berceuse créole que lui avait serinée longtemps sa grand-mère Amandine :

Pitit dodo!
Manman pati;
Se papa tou sel
Ki ka vouè misè.
Pitit dodo![1]

Comme si elles obéissaient aussi à cette suggestion, ils virent toutes les étoiles glisser vers l'Occident, là où le soleil lui-même s'était couché. Seule paraissait demeurer à la

1. Fais dodo, mon enfant! Tu n'as plus de maman; Papa est tout seul pour regarder la misère. Dors, mon enfant!

même place, juste au-dessus du puy, une étoile isolée, toute rose.

— Pourquoi, demanda le gamin, celle-ci ne s'en va-t-elle pas ?

— Qui sait ?

— J'ai trouvé ! fit Zébédée après un moment de réflexion. Près du temple de Mercure, je vois une autre lumière.

— Oui, celle de l'*Hôtel des Dômes.*

— L'étoile d'en haut est amoureuse de celle d'en bas. Elle a de la peine à s'éloigner. C'est aussi pour ça qu'elle rougit.

Il savait que les hommes blancs rougissent d'émotion. Pas les Noirs. Eux se contentent d'avoir chaud aux joues. C'était un bien grand honneur pour les deux ou trois maisons construites au sommet du puy de Dôme. Il se demanda s'il existait beaucoup de villes qui pussent se vanter d'avoir une étoile amoureuse d'elles.

Cependant, dépitée sans doute à la fin par l'indifférence de la lueur terrestre, ou lassée de son immobilité, l'étoile rose finit par s'écarter, lentement, à regret.

On entendit, venant du clocher d'Orcines, sonner les douze coups de minuit.

— Mon Prince, dit le Roi des fougères, voici l'heure de votre coucher.

Ils rentrèrent dans la grotte. L'enfant s'étendit sur son grabat et l'homme le couvrit soigneusement de plusieurs sacs qui sentaient la farine. Il s'endormit tout de suite.

7

Le lendemain, ils se levèrent un peu tard.

— Quelle heure est-il ? demanda l'enfant.

— Je n'ai pas de montre. Mais, d'après la position du soleil, il doit être neuf heures, neuf heures et demie.

Le Prince songea que, s'il était resté à Montferrand, il serait à ce moment dans la classe de Mme Bernardini, en train d'étudier l'imparfait présenté au futur. À moins que ce ne fût le décalitre et le décamètre. Ou les affluents de la Garonne. Alors qu'ici c'était la récréation perpétuelle. Pas de gronderies, pas de piquet, pas de lignes à copier. You-piii !

Il déjeuna de bon appétit. Le barbu le prévint qu'il descendait à Orcines acheter de la viande et du pain frais.

— Reste dans le palais autant que tu peux. Et si tu veux sortir prendre le vent, cache-toi au milieu des fougères. N'oublie pas, en cas de besoin, la navaja pour te défendre.

Il partit, sous son grand chapeau noir, avec ses longs cheveux roux qui lui descendaient dans le dos.

Resté seul, Zébédée lut un peu l'histoire de *Nils Holgersson.* Puis il se remit à son flûtiau. Le plus difficile était de détacher l'écorce du bois. Il fallait la battre avec le manche du couteau jusqu'à ce qu'elle se décollât.

Il y travaillait encore quand le barbu revint. Il apportait des provisions et le journal de la région, *La Montagne.*

— Je crois bien, dit-il, qu'il est question de toi là-dedans. J'y ai même vu ta photo.

En seconde page, en effet, un titre s'étalait sur deux colonnes :

ENLÈVEMENT D'UN JEUNE MONTFERRANDAIS

Depuis deux jours, on est sans nouvelles du petit Zébédée Lhasard, âgé de dix ans, domicilié à Montferrand, rue des Quatre-Granges, d'origine martiniquaise. Son père, Pamphile, est wattman à la T.C.R. Cet enfant est le cadet d'une famille de six. Après un voyage effectué en tramway aux côtés de son père sur la ligne Montferrand-Royat, il a soudainement disparu.

On suppose qu'il s'agit d'un enlèvement, bien qu'aucune demande de rançon n'ait encore été formulée. Elle serait d'ailleurs malvenue dans une famille aussi modeste. Quoi qu'il en soit, il a été vu par une gardeuse de chèvres à qui il aurait demandé un peu de lait. Des promeneurs l'auraient aussi remarqué dans les environs d'Orcines, accompagné d'un homme de haute taille, coiffé d'un chapeau sombre, pourvu d'une barbe rousse, d'environ cinquante ans. L'enfant paraissait très fatigué et suivre de mauvais gré son compagnon. On se perd en conjectures sur les motifs de cet enlèvement qui a plongé dans le désespoir une famille montferrandaise. La douleur des parents et des frères et sœurs fait peine à voir. Toutes les recherches entreprises ont été jusqu'ici infructueuses.

On se rappelle un autre enlèvement advenu l'an dernier dans la région de Pontgibaud, dont fut victime une malheureuse fillette retrouvée morte. L'odieux ravisseur n'a pas encore été identifié. S'agit-il du même individu ? Tout est à craindre.

Voici le signalement du jeune disparu : taille 1,40 m, peau noire, cheveux frisés, coiffé d'une casquette de jockey, vêtu d'un pull-over à rayures grises, d'un pantalon bleu marine, chaussé de sandales jaunes éculées. Signe particulier : verrue sur la joue gauche de la grosseur d'un petit pois. Toute personne pouvant fournir des renseignements sur cette affaire est priée de s'adresser aux bureaux de police ou de gendarmerie.

Au centre de ce texte, figurait une photographie de Zébédée, sur laquelle on distinguait nettement le grain de beauté, au milieu de la joue, grâce sans doute à une retouche du photographe.

Cette lecture provoqua une réaction immédiate chez le Roi des fougères : il prit une paire de ciseaux, se coupa la barbe et les moustaches, enleva ce qui restait de poil avec un rasoir. Un homme nouveau apparut à l'enfant. Il ne ressemblait plus à Jésus-Christ, mais à Jean Gabin dans *Pépé le Moko.* Il se raccourcit de même la chevelure autant qu'il put et fit brûler toute cette laine sur le brasero, où elle produisit une odeur de cochon grillé.

— Tu comprends, expliqua-t-il, on ne doit nous

reconnaître ni l'un ni l'autre. Je t'ai acheté un short gris et une paire d'espadrilles.

Elles étaient un peu avantageuses. On en garnit la pointe, intérieurement, avec un peu de foin.

— Il faut faire disparaître aussi ta casquette de jockey.

— Je ne veux pas que tu la brûles ! cria l'enfant.

— Pas question ! On la met de côté. Tu la retrouveras plus tard. En attendant, prends ce bonnet.

C'était un bonnet de laine rouge, pareil à ceux dont se coiffent les amateurs de sports d'hiver. Bien que ce n'en fût point la saison, le petit l'accepta sans rechigner.

— L'ennui, ajouta l'homme, c'est la verrue. Il faudrait la faire disparaître. Mais tu n'auras pas ce courage, je le crains. La brûler, par exemple, comme quand on coupe les cornes aux chevreaux.

— Aïe ! fit l'enfant, comme s'il sentait déjà la lame rougie au feu.

— Non, tu n'auras pas ce courage. Seul un homme pourrait le supporter. Et tu n'es qu'un petit garçon. Avec ça sur la joue, c'est comme si tu avais une étiquette portant ton nom : Zébédée Lhasard.

C'était poindre son orgueil de jeune mâle. Après un moment de réflexion, il affirma très fort qu'il supporterait l'opération. Mais il fallait lui laisser un peu de temps pour s'y habituer.

— Je te laisse tout le temps que tu voudras. Mais décide-toi assez vite cependant. Un proverbe auvergnat dit : « Quand faut baiser le cul du chien, tant vaut aujourd'hui que demain. »

Zébédée hésita tout l'après-midi. Pendant ce temps, l'homme faisait fondre du plomb et fabriquait de faux Mercure, de faux Auguste, de fausses pièces gallo-romaines. Quand vint le soir, il dit :

— Je suis prêt.

— Tu es bien sûr ?

— Tout à fait sûr.

— Ferme les yeux. Serre les poings. Serre les dents. Serre les fesses.

L'homme fit chauffer sur le brasero la pointe de sa lame. Quand elle fut pourpre, il l'approcha de la joue de Zébédée allongé sur ses sacs. Il y eut un grésillement. Le vaillant garçon grogna, mais ne cria point. Le barbu fignola son ouvrage, affirmant qu'il devait exterminer la saleté de verrue en profondeur, sinon elle repousserait. Le patient serrait toujours ce qu'on lui avait recommandé. Enfin, ce fut fini.

— Comme tu as été fort ! Jamais je n'aurais cru ça de toi !

Le sang coulait à fil dans le col de la chemise. L'homme alla à l'un de ses placards, revint avec un tampon de ouate et un flacon.

— Je vais te mettre une goutte de teinture d'iode, pour cicatriser.

Zébédée ne s'attendait pas à une aussi brutale agression : la teinture d'iode mordit brusquement la plaie de ses mille dents féroces. Il poussa un hurlement.

Le Roi le prit dans ses bras, tout en maintenant le tampon sur la joue. L'enfant pleurait et gémissait contre sa poitrine. Peu à peu, cependant, la douleur s'atténua, se dilua dans la joue entière, ce qui la rendit plus supportable. Maintenant, il n'avait plus qu'à attendre la cicatrisation.

— Tu es un autre. Tu n'es plus Zébédée Lhasard, mais le Prince des fougères.

8

Un matin, en ouvrant les yeux, il trouva son ami plongé dans une étrange occupation. Assis près de l'ouverture sur une caisse-tabouret, il s'était dépouillé de ses vêtements et les examinait pièce par pièce, loque par loque, avec une attention scrupuleuse.

— Qu'est-ce que tu fais ?

— Il y a de sales petites bêtes là-dedans, qui m'ennuient. Alors, je les cherche.

— Quelles sales petites bêtes ?

— Des poux.

C'était donc ça !

Lui aussi ressentait par moments certaines démangeaisons qu'il n'avait pas su s'expliquer.

— On en écrase quelques-uns. Mais ils ont pondu des œufs, il en naît d'autres, tout est à recommencer. Faudrait les massacrer tous à la fois. C'est embêtant de nourrir toute cette population.

— J'ai une idée. On pourrait aller se baigner, et les poux seraient noyés. Est-ce que la mer est loin ?

— Très loin. Il y a des lacs, mais ils sont trop fréquentés. Et si les poux savent nager ?

— On nagera plus vite qu'eux. Ça fait du bien de se tremper dans l'eau de temps en temps. Je ne me suis plus lavé depuis que j'habite avec toi.

— Je connais, pas loin d'ici, un étang... C'est plutôt une mare, où les moutons vont boire. Mais je crains qu'on nous remarque.

— On pourrait y aller la nuit. Personne ne nous verrait.

Le Roi se laissa convaincre. Zébédée le regardait souvent. Il avait peine à le reconnaître depuis qu'il ressemblait à Jean Gabin, et non plus à Jésus-Christ. Heureusement, sa voix, ses yeux, ses mains, son odeur n'avaient pas changé. Il était bien toujours le Roi des fougères. Ce soir-là, quand l'obscurité fut venue, ils fermèrent la porte du palais et dévalèrent la pente en se tenant par la main, parmi les fougères, les buissons, les genêts.

L'homme voyait dans le noir comme s'il avait eu des yeux de chat. Après une marche longue et difficile, ils perçurent un ruissellement. L'abreuvoir était devant eux, luisant sous la lune, alimenté par une source minuscule. Alentour, l'air sentait le suint et la crotte de brebis. Ils se mirent tout nus et, se donnant toujours la main, ils entrèrent dans l'eau, par petites étapes. Elle noua autour de leurs jambes ses bracelets froids. Lorsque Zébédée en eut jusqu'aux genoux, il refusa de s'enfoncer davantage, malgré les moqueries de son compagnon. Celui-ci lui donna l'exemple et, d'un seul coup, il s'immergea jusqu'au menton. L'enfant finit par l'imiter.

— Couche-toi sur le fond. Il faut bien que tu noies tous les poux. Enfonce aussi la tête, pour ceux qui habitent dans tes cheveux.

Ça, c'était facile. Il l'avait fait cent fois dans la mer, près du Grand-Morne. On y sentait des zones froides se mêler à des zones chaudes. La mare aux moutons, elle, était partout de la même fraîcheur. Le fond était boueux, les pieds s'y enfonçaient avant d'atteindre le dur.

Quand ils eurent assez barboté, ils sortirent et s'ébrouèrent. Puis ils saisirent leurs hardes et les plongèrent à leur tour dans la mare purificatrice. Ils se couchèrent sur l'herbe. Sur eux, l'air avait la légèreté d'un édredon et ils n'auraient pu être mieux que dans cette tenue, la peau ruisselante encore, abluée de sa crasse et de ses parasites. Malgré leurs couleurs naturelles opposées, ils se distinguaient à peine l'un de l'autre, luisants de leur humidité et de leur innocence.

— Écoute, dit l'homme : cri-cri, cri-cri, cri-cri...

— Qu'est-ce que c'est ?

— Des grillons. Ils pilent du sel dans leur mortier, pour faire leur soupe. Et ça : hou-hou-hououou... Une chouette qui nous a vus et cherche à nous faire peur.

Une fois secs, ils ramassèrent leurs vêtements mouillés et repartirent. Il n'était point nécessaire de s'habiller, car la nuit les couvrait de sa robe.

9

La joue de l'enfant était à présent complètement guérie. De l'ancienne verrue, il ne restait qu'une cicatrice rosâtre, à peine visible. De temps en temps, Jean Gabin rapportait d'Orcines *La Montagne.* On n'y parlait plus de lui. La disparition de ce gosse importait médiocrement aux services de police. Rue des Quatre-Granges, on avait dû se résigner à son absence, qui durait déjà depuis plusieurs semaines. Lui-même s'était habitué à sa nouvelle vie et pour rien au monde il n'aurait voulu reprendre l'ancienne, retourner à Michelet, etc.

Ses cheveux lui poussaient sur la nuque et lui, il commençait à ressembler à Mowgli qu'on voit dans l'album *Le Livre de la jungle.* Sa jungle était le Royaume des fougères. Il y avait aussi fait la connaissance de plusieurs autres habitants. Des lapins de garenne qui le considéraient de loin, assis sur leur derrière, en remuant les oreilles en signe de sympathie. Des hérissons qui sortaient au crépuscule et se promenaient sans crainte autour du palais. Des mulots au ventre blanc. Des sangliers qui passaient en courant, avec leurs marcassins rayés de jaune. Des escargots, des hannetons, des cerfs-volants, des scarabées émaillés, des sauterelles vertes.

Il aidait l'homme dans ses travaux et dans sa cuisine. Maintenant qu'il n'avait plus aucune obligation de lire, comme à Michelet, il prenait plaisir à mettre le nez de temps en temps dans l'histoire de *Nils Holgersson*. Il en était au point où il se fait enlever par les corneilles. Lorsqu'il ne comprenait pas un certain mot, il le demandait à son compagnon, qui était un vrai dictionnaire vivant. Un jour, il lui posa une question embarrassante :

— Avant d'être Roi des fougères, qu'est-ce que tu étais ?

— Un esclave.

— Un esclave de qui ?

— De tous ceux qui ont l'habitude de commander : la police, l'administration, les médecins, les généraux, les capitaines, les contrôleurs, les inspecteurs...

— Ah ! Les inspecteurs ! Je connais !

Il se rappela celui qui avait humilié Pamphile dans son tramway. Son père aussi était un esclave. Mais il n'avait pas eu le courage de Barbe-Blonde.

— Autrefois, figure-toi que je travaillais dans une mine.

— De diamants ?

— De charbon.

— Tu étais mineur ?

— Non, gouverneur. Chef, si tu préfères. J'avais sous mes ordres les mineurs, qui étaient mes esclaves. Eux avaient comme esclaves les chevaux. Moi, j'étais esclave des directeurs de la compagnie, qui me disaient sans cesse : « En bas, ça ne va pas. Il faut augmenter le rendement. Si vous n'êtes pas capable d'obtenir cette augmentation, on vous balance. » On était tous les esclaves les uns des autres. Même les patrons, tout en haut, esclaves de la concurrence, esclaves de l'argent. Un jour, j'ai soulevé mon chapeau en disant : « Au revoir, messieurs ! » Et je suis venu me retirer en Auvergne, où personne ne me commande. Où je suis Roi des fougères. Libre de mes mouvements, de mes envies, de mes pensées. Voilà, mon Prince. Ai-je bien répondu ?

10

— J'en ai marre, dit un jour Zébédée, de rester dans ce trou. Moi aussi, je voudrais faire du tourisme. Emmène-moi avec toi quand tu montes là-haut. Avec mon bonnet rouge et mon short gris, personne ne me reconnaîtra.

— Tu as oublié une chose : tu es noir. Un enfant noir en compagnie d'un adulte blanc, ça se remarque.

— Eh bien, blanchis-moi !

— Avec quoi ?

En guise de réponse, l'enfant lui chanta la moquerie que les élèves de Michelet lui servaient journellement :

Une négresse qui buvait du lait.
Ah ! se dit-elle, si je le pouvais !
Tremper ma figure dans un bol de lait !
Je serais plus blanche que tous les Français.

— Ça ne tiendra pas, dit Jean Gabin.

— On peut bien essayer.

— Essayons.

Il vida le contenu d'un berlingot dans un saladier. L'enfant y trempa sa figure et s'enduisit de lait le front, le cou, les oreilles. L'homme lui approcha un miroir, car il possédait aussi cet objet dans son attirail. Le petit s'y regarda. Et aussitôt de s'écrier joyeusement :

— Ça y est ! Je suis blanc !

— Attends que ça sèche.

Mais, au lieu de sécher, le lait lui coulait sur les sourcils, sur les joues, sur le menton et jusque sur la poitrine. Devant ce désastre, ses larmes se mirent à couler aussi, se mêlant à l'autre liqueur, ce qui accentuait le lessivage. Jamais sa figure ne lui était apparue d'un noir plus noir, plus verni, pareil aux chaussures de M. Vigouroux, le directeur de Michelet. Avec désespoir, il comprit qu'il porterait toute sa vie cette couleur dont, cependant, il n'avait pas souffert jusqu'alors. L'homme essuya toute cette eau avec ses mains, car il n'employait pas le mouchoir, et lui colla sur chaque joue deux baisers bien sonores. Deux « ti bos », comme on dit à la Martinique.

— J'ai un moyen, fit-il ensuite. Je te fabrique un masque de carnaval. Ce n'est pas le moment. Mais les touristes ne s'étonneront pas qu'un gamin se déguise en dehors de la saison.

Il s'y employa, tailla dans un carton une figure de Chinois, avec une peau jaune, des paupières obliques, de longues moustaches, et un petit trou pour laisser passer le nez. Quand il se vit ainsi affublé, Zébédée éclata de rire.

— Et mes mains ?

— Je te ferai une paire de gants.

Quelques jours plus tard, en suivant le chemin des ânes, ils montèrent ensemble au sommet du puy pour faire du commerce et du tourisme. L'ascension était rude, mais affriolante, à cause de tous ces blocs de pierre, de ces troncs d'arbres qui encombraient le chemin et qu'il fallait escalader. Dire qu'autrefois des bœufs, des chars, des chevaux, des carrosses l'avaient emprunté, avant que ne fût ouverte la route réservée aux automobiles ! Elles étaient nombreuses au sommet, en cette période de vacances estivales.

Ils se mirent à la recherche de l'étranger, qu'ils reconnaissaient de loin à l'appareil photographique en bandoulière, à son langage exotique, à ses regards extasiés, à son air de chien de chasse toujours reniflant. L'enfant masqué se laissait complaisamment tirer le portrait, il était devenu une curiosité au même titre que les ruines du temple. Pendant ce temps, Jean Gabin proposait sa camelote gallo-romaine, non sans succès.

Vue de là-haut, l'Auvergne était d'une beauté incomparable, avec tous ces volcans alignés comme une caravane de dromadaires. Et les sommets lointains que le barbu connaissait par leur nom et leur prénom, ainsi que de vieux amis : le Pariou, c'est-à-dire le Pareil ; le Louchadière, c'est-à-dire le Fauteuil ; le Chaudron, alias le Sarcoui, c'est-à-dire le Cercueil, parce que les anciens habitants fabriquaient des sarcophages avec sa substance ; plus près, le Nid de la poule, le Grand Suchet, le Petit Suchet. Il en avait plein la tête.

Le spectacle était si magnifique qu'ils se laissèrent surprendre par le crépuscule. Car il faisait encore jour sur le sommet alors que ses pieds trempaient déjà dans les ténèbres.

Ils redescendirent par le même chemin dont la faible blancheur les guidait. Jean Gabin cita un autre proverbe auvergnat : « Celui qui monte a tous les diables qui le retiennent. Celui qui descend a tous les saints qui le poussent au derrière. »

Et c'était la parfaite vérité. Sur cette pente vertigineuse, Zébédée se sentait des ailes. Quoi qu'il n'en eût plus aucun besoin, il avait gardé son masque chinois sur la figure, car il aimait à se sentir un autre, peu satisfait de ce qu'il était réellement.

— Va doucement ! criait Jean Gabin.

Mais lui, malgré la poussée des saints, n'arrivait pas à le suivre. Et soudain, ce fut le malheur. D'abord, il entendit un cri. Un hurlement de douleur. Le Roi aussi s'élança, trébuchant sur ces maudites pierres.

— Qu'est-ce qu'il y a, mon fils ? Qu'est-ce qu'il y a ?

Le petit ne répondait que par des sanglots. Il le trouva par terre, couché en chien de fusil, tenant à deux mains sa jambe droite repliée.

— Aïe ! Aïe !... Mon genou ! Aïe ! Aïe !

— Montre ! Enlève tes mains.

Mais on ne voyait pas grand-chose, dans cette lueur crépusculaire, excepté une meurtrissure humide de sang. Il essaya de faire bouger cette jambe ; mais chaque mouvement provoquait un crescendo de gémissements. En le soutenant, il mit quand même l'enfant debout :

— Essaye de marcher un peu.

Zébédée se leva difficilement, se tint debout sur une seule jambe, comme un héron. Il osa faire un premier pas...

un second... avec le plus grand mal. Il fallait pourtant regagner leur palais des fougères, et la distance était longue.

— C'est bon, dit le Roi en s'accroupissant. Monte sur mon dos.

C'était la seconde fois qu'il lui offrait ce transport. Ainsi attelés l'un à l'autre, ils redescendirent le chemin des ânes. Puis ils empruntèrent les sentiers qui, à travers les bois, devaient les ramener chez eux. De temps en temps, le Roi demandait :

— Tu as toujours aussi mal?

— Aïe! Aïe!

— Tu ne veux pas essayer de marcher un peu?

— Non, non.

Quand ils furent à peu près à mi-chemin, Jean Gabin le déposa, cependant, sur un talus d'herbe, disant qu'il devait un peu reprendre son souffle.

Ensuite, ils repartirent. Oubliant sa douleur, Zébédée finit par s'endormir, la tête sur l'épaule de son porteur. Celui-ci progressait à pas élastiques, pour faire durer cette anesthésie. La lune, qui s'était levée, éclairait leur chemin.

Lorsque, après avoir gravi la dernière grimpette, ils arrivèrent à la caverne, l'homme remarqua juste devant sa porte un minuscule point lumineux, verdâtre, qui gênait le passage. « En voilà une autre! » pensa-t-il avec colère. Puis, s'adressant au ver luisant, il commanda :

— Enlève-toi de là! Tu vois bien que je suis chargé! Oserais-tu t'opposer au Roi des fougères?

Mais le feu blême, qui devait être républicain, ne s'écarta pas d'une ligne. Si bien que le porteur dut réveiller son cavalier, le déposer sur le parvis avec de grands gémissements et occuper ses deux mains à ouvrir la porte, car la fermeture en était compliquée. Tout cela en prenant bien garde de ne pas poser une semelle sur ce casse-pieds de ver luisant.

Quand le blessé fut étendu sur son grabat, Jean Gabin alluma la lampe de camping et put mieux examiner le genou. Ce n'était pas beau à voir. Une espèce de marmelade rouge couvrait la rotule. Le sang avait coulé le long du mollet, il le lava avec un tampon de ouate et l'eau du jerricane. Puis il prétendit mettre dessus un peu de teinture d'iode.

— Non, non ! cria l'enfant. Ça cuit trop !

Il fallut y renoncer, se contenter d'un peu d'huile et d'un pansement grossier. Après quoi, l'homme entreprit de faire un peu de cuisine. L'enfant voulut bien se lever ; mais il se contenta d'un demi-bol de soupe et regagna sa couche.

— Essaye de dormir.

Ils passèrent une autre nuit côte à côte. Le petit geignait fréquemment.

Le lendemain, à la lumière du jour, on constata que le genou était enflé et la jambe toute raide. Zébédée se la grattait jusqu'à la cheville et prétendait qu'elle était pleine de fourmis.

— Aïe ! Aïe ! Que de fourmis ! Elles vont me dévorer !

— Non, non, ne t'inquiète pas. C'est le sang qui circule, qui apporte la guérison dans tous les coins de ta chair. En attendant, il te faut manger un peu. Ça te donnera des forces.

Il avait fait réchauffer le reste de soupe et le lui présenta cuillerée par cuillerée. Ça ne voulait pas descendre. L'homme ouvrit la porte du palais et regarda le ciel pour lui demander conseil. Mais il s'était couvert d'une épaisse couche de nuages charbonneux ; il n'en descendit aucune réponse.

Il regarda par terre et distingua, parmi les pierres, le ver luisant républicain. Il avait éteint son feu blême et n'était plus qu'une grosse punaise grise à l'échine côtelée.

— C'est toi, dit l'homme avec mépris, qui prétendais me barrer la route hier soir ? Ne sais-tu pas que je transportais le Prince des fougères ?

Puis il l'enjamba et s'en alla tomber de l'eau comme un roturier parmi les genêts.

Quand il revint, le blessé s'était rendormi. Il resta près de lui en marmottant des paroles cabalistiques qui devaient faciliter la guérison. Or, avant qu'il fût au bout de sa prière, l'enfant se réveilla en sursaut :

— Aïe ! cria-t-il. Un coup de poignard !

— Où ça ?

— Là... dans le ventre... Aïe ! un autre... Oh ! que j'ai mal !

— Chut, mon fils !... Ne parle pas... Chut, mon Prince ! Dors encore. Demain tu iras mieux.

Tout le jour se passa ainsi, et toute la nuit suivante. À l'aube, le blessé se mit à pleurer :

— Je vais mourir, c'est sûr... Je sens que je vais mourir...

— Tu ne mourras point si tu te laisses mettre la teinture d'iode. C'est un remède qui réussit très bien.

— D'accord.

La jambe était maintenant enflée de la cheville jusqu'au ventre. Il vida tout le flacon sur la plaie. Il s'attendait à des hurlements ; mais l'enfant ne tressaillit même pas.

— Est-ce que ça te brûle ?

— Je ne sens rien.

Cependant, un moment après, il se reprit à gémir :

— Coupe-moi cette jambe !... Prends ton couteau et coupe-moi cette jambe !

Le plein jour arriva. L'homme sortit en disant :

— Je vais jusqu'à Orcines chercher un médecin.

Il partit, resta absent un très long moment, laissant Zébédée se débattre avec son mal sous ses sacs qui sentaient la farine.

Quand il revint, il annonça que le docteur n'était pas chez lui, que sa femme le leur enverrait dès son retour. Il avait dû dessiner sur un papier le chemin à suivre pour atteindre la caverne. Cependant, la matinée s'écoula tout entière sans que personne ne parût. À chaque instant, le blessé gémissait, l'homme sortait, puis revenait avec un geste désolé.

Un peu avant midi au soleil, ils entendirent tousser. Jean Gabin se précipita :

— C'est lui ! cria-t-il du dehors.

Un petit homme au visage renfrogné entra, portant une serviette.

— Qu'est-ce que c'est que cet antre ? s'écria-t-il tout de suite. On peut vivre là-dedans ?

— On vit très bien, docteur, répondit le Roi. Malheureusement, mon fils a eu un accident.

— Nous allons voir ça.

Des yeux, il chercha un coin propre pour poser son chapeau, n'en trouva point et le remit sur sa tête. Ensuite, il s'approcha du blessé, le regarda avec surprise, regarda Jean Gabin.

— Votre fils?

— Mon fils adoptif.

Il sortit ses instruments de la trousse, nettoya la plaie, indifférent aux cris de l'enfant. Après quoi, il fit une piqûre et enveloppa le genou d'un pansement propre.

— Je reviendrai demain, conclut-il. Mais je crains bien qu'il ne faille l'emporter à l'hôpital.

— Qu'est-ce que je vous dois, docteur? demanda l'homme.

— Vous êtes inscrit à la Sécurité sociale?

— Non. Nous sommes du monde à part.

— On en reparlera demain.

Et il s'en alla sans poser d'autre question.

Le blessé passa une nuit plus tranquille. Jean Gabin, que l'angoisse empêchait de dormir, resta des heures devant la porte. À regarder le ciel dont les nuées sombres s'étaient dissipées, laissant paraître les étoiles. Le ver luisant avait rallumé son lampion. Le Roi marmotta d'autres prières cabalistiques. À l'aube, la jambe allait nettement mieux. L'enflure avait diminué. Le médecin revint avant midi. Il fit une seconde piqûre et ne prononça plus le mot hôpital. De nouveau, le Roi parla de le payer.

— Vous avez de l'argent?

— Un peu. Mais, si vous préférez, je puis vous donner aussi quelque chose de mieux. Un souvenir.

— Quel genre de souvenir ?

Le Roi se dirigea vers le fond de la caverne, creusa dans le sol de pouzzolane avec ses mains nues, retira du trou un objet enveloppé d'étoffe. C'était, comme le petit Mercure, une statuette haute d'une largeur de main. Elle représentait une femme enveloppée de longs voiles, les oreilles cachées sous deux ornements circulaires, pareils à des tambours basques, la poitrine couverte d'un pectoral en forme de tortue ; sur le bras gauche, elle soutenait une colombe. Elle luisait faiblement dans la pénombre.

— Où avez-vous pris ça ? demanda le médecin stupéfait.

— C'est la plus belle pièce de mon Trésor, dit le Roi en posant un doigt sur sa bouche. Elle est en argent.

— Non. C'est trop.

— Ce n'est pas trop pour la vie de mon fils.

— La vie, la mort, on ne sait pas ce que ça vaut.

Il haussa les épaules et s'en alla sans être payé.

11

Zébédée retrouva ses forces et son appétit. Sa jambe était encore raide, mais il pouvait marcher sans trop d'effort. Le masque chinois s'était perdu dans l'accident. L'homme lui fit un masque de pirate, avec un bandeau sur l'œil et des moustaches terrifiantes. Bientôt, ils pourraient sortir ensemble de nouveau et faire du tourisme. Ils n'en eurent pas le temps.

Trois jours plus tard, en effet, alors qu'ils préparaient leur fricot sur le parvis de la caverne, ils entendirent des voix venant de la vallée. Les voix de plusieurs hommes. Le Roi mit la main sur ses yeux, aiguisa son regard et s'écria :

— Les gendarmes ! Cache-toi ! Maudit médecin ! Il a trop parlé !

Zébédée se précipita tout au fond de la grotte, tandis que le Roi restait devant la porte, continuant de souffler sur le brasero pour donner le change.

Après quelques instants, les voix se rapprochèrent. Six gendarmes sortirent des fougères et entourèrent le Roi, en braquant leurs armes sur lui comme sur un dangereux malfaiteur.

— Les mains en l'air ! cria leur chef.

Jean Gabin obéit. Alors, on vit jaillir de la grotte un petit démon muni d'une lame brillante, celle de la navaja.

Il se plaça devant l'homme pour lui faire un rempart de son corps, en pointant le couteau vers les gendarmes.

— Pose ce joujou, gamin, dit l'officier. Nous ne ferons aucun mal à ton ravisseur. Nous allons simplement l'emmener pour l'interroger. Et toi avec. Tu es bien le petit Zébédée Lhasard ?

Comment le nier ? Les gendarmes savent tout. Il se laissa désarmer tandis que les autres passaient les menottes au Roi des fougères.

Ainsi escortés, ils redescendirent par le sentier des renards jusqu'à deux fourgonnettes bleues qui les attendaient. L'homme fut introduit dans la première, l'enfant dans la seconde. Il s'y trouva en compagnie de deux gendarmes. Elle se mit bientôt en route vers une destination inconnue.

— Bonjour, Zébédée, dit un des deux gardiens avec un sourire à trois francs cinquante. Nous sommes venus te délivrer et te rendre à ta famille.

L'enfant ne desserra pas les dents. Mais un peu plus tard, il retrouva son Roi dans le local de la gendarmerie où il allait subir l'interrogatoire promis.

— Quel est ton nom ? demanda le chef, s'adressant à l'homme.

— Mon nom ? Je l'ai oublié.

— On n'oublie pas son nom, sauf en cas d'amnésie. Ton âge ?

— Je ne m'en souviens pas non plus.

— Montre-nous tes papiers d'identité.

— Je les ai brûlés, il y a longtemps.

— Où es-tu né ?

— Dans le ventre de ma mère.

— Tu te fous de nous, n'est-ce pas ?

Le Roi haussa les épaules, dédaigneusement. Renonçant provisoirement à rien tirer de lui, un autre gendarme se tourna vers Zébédée :

— Cet homme est bien ton ravisseur, n'est-ce pas ?

— Mon... ravisseur ?

— C'est bien lui qui t'a enlevé ? Comment a-t-il fait ?

— Il m'a porté sur ses épaules.

— Je note... Ensuite, qu'est-ce qu'il t'a fait ?

— Il m'a fait... il m'a fait un masque chinois et un masque de pirate.

— Je veux dire : quelles sortes de misère t'a-t-il fait subir ?

— Des misères ?... Pas de misères... Il était toujours très gentil. Quand je suis tombé, il est allé chercher un médecin.

Le chef intervint pour expliquer que la crainte empêchait la victime de parler librement. À moins que celle-ci ne fût atteinte par le syndrome de Mandrin qui pousse les otages à dire du bien de leur ravisseur ; voire, quand il s'agit de personnes du sexe féminin, à tomber amoureuses de lui.

On emmena donc l'enfant dans une autre pièce ; on lui répéta les mêmes questions ; il fit les mêmes réponses. Les gendarmes parurent ébranlés, ils ne lui permirent pas cependant de revoir son Roi des fougères.

— Tu dois mourir de faim, supposa le chef. Que veux-tu qu'on t'apporte ?

— Rien. Rien du tout.

Comme il avait marié sa fille quelques jours plus tôt, le chef de gendarmerie atteignit une boîte de dragées, l'ouvrit, la lui présenta. L'enfant en prit une, pensant que cela faisait partie de ses obligations.

— Prends-en une autre. (Il en prit une autre.) Mange-les. (Il les mit dans sa bouche.) Soudain il vit paraître devant lui son père, Barbe-de-Fer, en uniforme de wattman, qu'on était allé chercher.

— C'est bien lui ! s'écria Pamphile, se jetant sur son fils, le couvrant de gros baisers. Et l'autre, le ravisseur, où est-il ? Laissez-le-moi, messieurs les gendarmes, que je lui arrache les yeux et le reste !

— Nous nous en occupons, le rassura le chef.

— Et le cartable du petit ? Qu'est-ce qu'il en a fait, ce voyou ? Faudra qu'il le rende ou qu'il le rembourse !

Tout à coup, la bouche encore pleine de dragées, on vit le gamin fondre en larmes. Des larmes grosses comme des noisettes.

— C'est la joie qui le fait pleurer ! s'écria le père. La joie de m'avoir retrouvé !

Un taxi attendait devant la porte. Il les ramena à Montferrand.

Rue des Quatre-Granges, un rassemblement s'était formé devant leur porte. Les voisins félicitaient Barbe-de-Fer. Zébédée pleurait encore, inépuisablement.

— C'est la joie de l'enfant prodigue qui rentre dans sa famille ! expliquait le wattman.

Alors la mère, Noélise, parut à son tour. Elle n'ouvrit pas les bras, car elle portait le petit Oreste. Elle le tendit au grand frère retrouvé. Le nourrisson bavait comme une grenouille et riait de la bouche, du nez, des yeux, de ses dix doigts écarquillés. Le grand frère le prit et le serra contre sa poitrine.

Aubin Imprimeur
LIGUGÉ, POITIERS

Photocomposition C*MB* Graphic
44800 Saint-Herblain

Achevé d'imprimer en novembre 2000
pour le compte de France Loisirs
123, bd de Grenelle, 75015 Paris
N° d'édition 34230 / N° d'impression L 60921
Dépôt légal, novembre 2000
Imprimé en France